NOVELA JUVENIL DE **João Pedro Roriz**

CÉU DE UM VERÃO PROIBIDO
Dois

1ª edição / Porto Alegre-RS / 2017

Capa, projeto gráfico e ilustrações: Marco Cena
Revisão: Bianca Diniz
Produção editorial: Bruna Dali e Maitê Cena
Produção gráfica: André Luis Alt

Dados Internacionais de Catalogação na Publicação (CIP)

R787c   Roriz, João Pedro
          Céu de um verão proibido 2. / João Pedro Roriz. – Porto Alegre: BesouroBox, 2017.
          192 p.: il.; 14 x 21 cm

          ISBN: 978-85-5527-053-6

          1. Literatura infantojuvenil. 2. Novela. I. Título.

CDU 82-93

Bibliotecária responsável Kátia Rosi Possobon CRB10/1782

Direitos de Publicação: © 2017 Edições BesouroBox Ltda.
Copyright © João Pedro Roriz, 2017.

Todos os direitos desta edição reservados à
Edições BesouroBox Ltda.
Rua Brito Peixoto, 224 - CEP: 91030-400
Passo D'Areia - Porto Alegre - RS
Fone: (51) 3337.5620
www.besourobox.com.br

Impresso no Brasil
Setembro de 2017

SUMÁRIO

CAP **01** .... Página **07**

CAP **02** .... Página **10**

CAP **03** .... Página **13**

CAP **04** ....Página **17**

CAP **05** .... Página **23**

CAP **06** .... Página **29**

CAP **07** .... Página **34**

CAP **08** .... Página **41**

CAP **09** .... Página **46**

CAP **10** .... Página **56**

CAP **11** .... Página **61**

CAP **12** .... Página **68**

CAP **13** .... Página **77**

CAP **14** .... Página **83**

CAP **15** .... Página **91**

CAP 16 .... Página 99
CAP 17 .... Página 111
CAP 18 .... Página 115
CAP 19 .... Página 125
CAP 20 .... Página 129
CAP 21 .... Página 131
CAP 22 .... Página 137
CAP 23 .... Página 141
CAP 24 .... Página 152
CAP 25 .... Página 157
CAP 26 .... Página 162
CAP 27 .... Página 166
CAP 28 .... Página 171
CAP 29 .... Página 173
CAP 30 .... Página 184

CAP 01

Seis e meia da manhã. Ana Júlia sentiu a vista embaçar. Um passarinho pousou no parapeito da janela de seu quarto e desfilou a beleza de suas asas.

No andar de baixo, a mãe de Ana Júlia gritou:

– Ana, vai perder a hora!

Todo dia era assim. A mãe de Ana não sabia o que era atraso. Seu relógio estava sempre uma hora adiantado. E nem adiantava argumentar.

– Ana! – Novamente a mãe, aos berros.

– Que droga!

Vagarosamente, Ana desceu as escadas de sua casa com os cabelos bagunçados e os pés descalços.

– Bom dia! – disse a mãe, ligeiramente irritada. – Vai de pijama para a escola? Tem torrada e café na mesa. Coma logo, ou vai se atrasar!

A mãe catou os pertences sobre a mesa da cozinha e se dirigiu à porta com um pedaço de pão na boca.

– E nada de "dorminhocar" na cama do seu pai!
– Aff! – resmungou Ana após a saída de sua mãe. – Como sempre, apressada.

Para estar às seis e meia na mesa do café, a mãe de Ana acordava às quatro horas e se dedicava a um intenso programa de exercícios físicos matinais. Em seguida, tomava banho e escrevia um capítulo de seu novo romance; colocava um de seus ternos e checava e-mails com os compromissos do dia; deixava listas de afazeres para o marido, fazia o café da família e começava a berrar o nome de Ana para que acordasse. Depois, passava o dia em viagens, sessões de autógrafos, palestras, reuniões e eventos. À noite, chegava à casa exausta, comia algo, organizava a agenda do dia seguinte, tomava banho e ia para a cama.

– Como ela consegue? – indagou-se Ana.

Da cozinha, a menina podia ver o quarto de seu pai. Lá dentro, reinava uma escuridão gostosa e um delicioso cheiro de conforto. Na mesa, uma torrada com manteiga, o café pelando e os recados com inúmeras recomendações. Aqueles garranchos apressados prenunciavam um dia confuso, cheio de pessoas, movimentos e algazarras. No andar de cima, havia apenas o silêncio e a certeza de um dia calmo, com roupão de banho e pantufas.

– Devo ou não devo subir as escadas? – indagou-se Ana.

Olhou o relógio. Ainda havia tempo.

Subiu as escadas bem depressinha, feliz de saber que, pelo menos nos próximos minutos, o mundo não se acabaria em caos.

– Serão apenas cinco minutinhos! Cinco minutinhos.

A porta do quarto estava aberta e sobre a cama jazia o corpo de seu pai, atirado ao melhor dos soninhos. Ana deitou-se ali, sob o conforto quente de suas cobertas. Desde pequena, se acostumara a este pequeno ritual: sua mãe saía de casa alucinada para caçar bruxas e Ana se deitava ao lado de seu pai para colher alguns soninhos.

– Vai arranjar problemas com sua mãe – balbuciou o homem, com voz de sono.

– O primeiro tempo é de Educação Física – argumentou a menina, como se fosse algo válido.

– Então fica – respondeu o pai, fechando os olhos.

Da janela do avião, Gael presenciava a beleza da aurora. Distante, sobre o horizonte, um balé de cores dava sinais de que um novo dia estava prestes a começar. Lá na frente, o destino final daquela viagem: o aeroporto da cidade de seu pai.

A insônia de Gael era justificável. A volta às aulas representava um confronto entre o presente e o passado, entre o homem confiante que se tornara e o menino inseguro de antigamente. Nas costas da poltrona da frente, o sistema eletrônico de entretenimento apresentava a evolução do avião sobre um mapa cheio de pontos escuros que representavam as cidades sobrevoadas.

– Dez minutos para o pouso, senhores – avisou Jeremias, o piloto. – Recomendo que coloquem o cinto de segurança.

O jatinho deitou sobre a camada de ar quente que pairava acima do aeroporto e mergulhou de forma vertiginosa em direção à cabeceira da pista. Gael amava aquela sensação de desmaio premeditado, de imersão no vazio. Sentia isso todos os dias, na decolagem e na descida de cada voo, antes e depois de cada show.

– E a equipe, como ficou? – indagou para Carmelo, seu empresário.

– Seguiu em um voo comercial para a próxima cidade. Você vai se encontrar com o pessoal depois da aula.

– Cara... meu pai é um idiota! – exclamou o rapaz.

Carmelo não disse nada, apenas levantou as sobrancelhas com ar de cansaço. Gael seguiu reclamando:

– Não conheço ninguém com dezesseis anos que tenha as mesmas responsabilidades que eu. Por que não posso ser diferente dos outros?

– No Brasil, todo jovem tem que frequentar a escola, Gael – argumentou Carmelo. – É a lei!

– Tá, eu sei. Que droga!

– Ora, vamos! Estudar não é assim tão ruim. O mundo dá voltas. Hoje, você tem dinheiro e fama. Amanhã, talvez tenha que arrumar outro trabalho. É melhor estar sempre preparado. Estudar é muito bom!

Gael tirou os cabelos louros dos olhos e franziu o cenho.

– Ah, fala sério!

Da cabeceira da pista, Gael jurava que podia ouvir os gritos de suas fãs. Seria recebido no saguão do aeroporto por uma avalanche de cabelos e beijos. Mas o que aconteceu a seguir foi bem menos emocionante: do galpão onde o avião estacionou, o cantor foi levado diretamente para o carro executivo. Chateado, indagou a Carmelo:

– Por que não saímos pelo saguão principal? Você sempre diz que a baderna que causo nos aeroportos serve como *marketing*.

– Nada de *marketing* – disse Carmelo. – Nada de fãs, de autógrafos e entrevistas no saguão. Ordens de seu pai. Os fãs que vieram até o aeroporto estão matando aula. Não vamos recompensá-los. Você vai sair pelo portão de serviço diretamente para a escola.

– E você? Vai vir comigo? – indagou o rapaz.

Carmelo sorriu.

– Desculpe, cara. Já sou formado. Não preciso mais frequentar a escola.

– Vai me deixar sozinho? – perguntou o garoto, irritado.

Carmelo não respondeu – entrou em um carro popular que apareceu por ali e saiu em disparada. Gael ficou momentaneamente ansioso. Há dois anos, desde que seus vídeos começaram a fazer sucesso na Internet, não sabia o que era ficar sem o Carmelo.

– Não sei se fico alegre ou se entro em pânico! – exclamou o rapaz, atônito.

A Escola Santa Rosa estava em silêncio naquela manhã. Parecia feriado. O pátio estava vazio, os corredores, desérticos e, na quadra, apenas três ou quatro pessoas envolvidas com alguns exercícios físicos.

– Pelo visto, não sou a única que detesta aulas de Educação Física – observou Ana Júlia.

Mas a jovem estava enganada. Havia acontecido algo extraordinário na escola. As novidades chegaram até ela na velocidade da luz:

– Naju! – gritou Astolfo, seu amigo de infância.

– Oi, Folo.

Astolfo entregou a Ana um copo de suco.

– Tenho certeza que não tomou café.

– Você me conhece mesmo.

– Soube da novidade?

– Não. O que houve?

– Vem comigo!

Astolfo pegou Ana pela mão e a levou para perto do muro da escola.

– Folo, precisamos ir para a aula – protestou Ana, atirando o copo vazio no lixo.

– Que aula, que aula?! – indagou o rapaz, vermelho. – Ainda não chegou quase ninguém.

Ana Júlia espremeu os olhos, incrédula.

– Por quê?

– Sobe aí no muro – disse Astolfo, fazendo apoio com as mãos.

Com louco não se discute. Ana Júlia enfiou o tênis sujo de barro nas mãos do amigo e conseguiu, com um impulso, subir até o topo do muro.

– Espera por mim – disse Astolfo.

Folo abriu distância, correu, enfiou o pé no muro e, com o impulso, alcançou o topo com extrema facilidade.

– Prontinho! – esfregou as mãos para eliminar a sujeira. – Vamos sair daqui antes que o professor Pedrão nos veja.

Astolfo ofereceu sua mão a Ana, mas a moça recusou a ajuda.

– O que quer me mostrar, Folo?

– Ali, no portão!

Havia uma multidão enorme em frente à escola.

– Passei por ali agora há pouco! – estranhou a moça. – De onde surgiram essas pessoas?

– Chegaram agora do aeroporto. Vieram para ver o Gael Mattos.

– Quem?

– O filho do diretor Vandré. Ele é cantor. Toca na TV e nas rádios. Nunca ouviu falar?

– Não!

Astolfo levantou os olhos para o céu e sorriu, cínico.

– Ana, você é muito alienada!

– Eu? Só porque não assisto à televisão?

Astolfo deu a mão novamente a Ana. Dessa vez, a moça não quis ser rude e aceitou a ajuda. Com cuidado, ambos se deslocaram para cima da árvore do terreno vizinho.

– Pelo que soube, o cara morava com a mãe e parou de frequentar a escola para fazer shows. O diretor Vandré entrou na Justiça, conseguiu ganhar sua guarda e o obrigou a estudar aqui.

– Então esse tal de Gael é famoso? – Ana apressou-se em soltar a mão do amigo com a desculpa de que precisava se segurar na árvore.

– Naju! – exclamou Astolfo. – É o artista mais famoso da atualidade! É um ano mais velho que nós, mas vai estudar em nossa sala.

– Por quê? Ele é repetente?

– Tecnicamente, sim. Vandré conseguiu provar na Justiça que, apesar de não ir às aulas, seu filho era aprovado automaticamente em uma escola paulista. Por causa disso, ele vai ter que refazer o primeiro ano do Ensino Médio.

De repente, a multidão que aguardava o artista enlouqueceu com a chegada de um carro executivo.

– Acho que ele acabou de chegar – disse Astolfo.
– Poxa, o cara é milionário, hiperfamoso! E está aqui, na nossa escola!

Ana observou por alguns instantes a reação exagerada das pessoas. Bufou, entediada. Era deprimente.

O motorista de Gael deu a volta no veículo e tentou afastar as pessoas para abrir a porta para o passageiro, mas acabou engolido pela multidão. A porta do carro foi aberta pelos fãs e o cantor foi retirado com violência de dentro do veículo. Gael protestou, correu, tropeçou e caiu no chão. Acabou sufocado por uma massa de gente. Por sorte, o professor Pedrão estava por ali e conseguiu, com muito custo, tirar as pessoas de cima do *pop star*.

– Deus, nosso Senhor! – exclamou Ana, horrorizada, enquanto Gael corria, claudicante, para a sala da Coordenação. – Coitado desse cara!

– "Coitado"? – chiou Astolfo. – O cara é podre de rico, Ana!

– Mas, pelo visto, não é feliz – constatou Ana. – Aposto que não deve receber atenção da mãe. Também não deve se dar muito bem com o pai. Nunca ouvi Vandré dizer que tem um filho.

Astolfo olhou para Ana com os olhos desconcertados.

– Ana...

Ela continuou com seus argumentos:

– Para mim, uma pessoa sem família não pode ser feliz e...

– Ana! – insistiu Astolfo. – Seu nariz... está sangrando.

Gael era muito pequeno quando se mudou com a mãe para São Paulo. Com o tempo, esqueceu-se do rosto do pai. Vivia um inferno particular em sua casa: ficava dias sem almoçar ou jantar, enquanto sua mãe se divertia em festas e em viagens proporcionadas por seus namorados. Gael se sentia só e muito triste. Desde cedo, percebeu que, se precisasse de algo, teria que se virar sozinho.

Tinha um violão, uma câmera, um computador, um lápis e um bloco de papel. Era o ponto de partida para o sucesso. Aos nove anos, começou a compor e postar vídeos musicais na Internet. Não demorou muito, passou a ter alguns fãs.

Seu pai, de vez em quando, enviava cartas para o filho perguntando sobre seus estudos – sempre os estudos. Nunca se interessara pelo sucesso que ele causava com os vídeos. Sua mãe, claro, gostava de todo aquele glamour, mas não estava tão interessada em ajudar Gael a alavancar sua carreira.

Aos treze anos, o rapaz recebeu um e-mail de Carmelo. O empresário havia gostado de seus vídeos e mostrou interesse em conhecê-lo pessoalmente. Gael não contou a novidade para o pai. Temia que o homem o impedisse de perseguir seus sonhos. Sua mãe estava viajando com um de seus namorados e seu celular estava, como sempre, desligado. Gael ficou ressabiado e com receio de ir sozinho à gravadora. Mas resolveu encarar o medo.

Ao chegar à empresa, foi levado ao estúdio principal. Havia dois homens numa salinha contígua no fundo do estúdio atrás de um vidro à prova de som. Um deles era baixinho e careca. O outro era Carmelo. Tinha 40 anos na época, mas aparentava ter mais idade; tinha cabelos escuros e uma tatuagem de dragão no pescoço. Debruçava-se sobre uma mesa cheia de botões.

– E aí? Vamos arrasar? – incentivou Carmelo pelo microfone.

O empresário rodou o *background* de uma canção de Gael. O jovem cantor ficou surpreso:

– Minha música!

– Tenho todas aqui no meu "radinho" – disse Carmelo, dando tapinhas na mesa de som. – Quer um conselho? Vá até o microfone e arranque suspiros desse careca que está aqui ao meu lado.

Gael sorriu com a piada. Gostou imediatamente de Carmelo. Sentiu-se à vontade. Abraçou o microfone e cantou:

— *Hoje, eu canto vivo na esperança que meu Deus me dê na dança um presente, uma paixão que liberte a minha alma...*

Gael percebeu que sua voz estava mais bonita e cheia de efeitos. De vez em quando, olhava para Carmelo e recebia um aceno positivo como resposta. Já o homem careca permanecia impassível, com expressão séria e braços cruzados.

— *Amanhece e a tristeza não vai embora do meu peito sonhador, que precisa de beleza e encontra a dor da espera e incerteza.*

Quando a base orquestral apontou os últimos acordes da canção, Gael estava com o rosto coberto de lágrimas. Nunca cantara tão bem na vida!

Apesar disso, o homem careca não parecia feliz. Fazia movimentos de negação com a cabeça. Gael prendeu a respiração. Carmelo conversava com o homem careca e parecia defender suas ideias. O jovem cantor não conseguia escutar a conversa dos dois por causa do vidro à prova de som.

Após alguns segundos, o homem careca pareceu concordar com os argumentos de Carmelo. Levantou-se de sua cadeira, abriu uma porta que dava acesso privativo aos corredores da empresa e foi embora. O jovem cantor estava preocupado. Teria se saído mal?

Carmelo saiu da sala e aproximou-se do rapaz. A meia distância, Gael pôde observá-lo melhor. Sob os olhos do homem jaziam duas bolsas de gordura; a pele de seu rosto era maltratada e possuía furos enormes na área das bochechas. Seus dentes eram amarelados e seus olhos transmitiam cansaço e ambição.

– Sou Carmelo, empresário musical. Muito prazer – disse o homem, oferecendo-lhe a mão para um cumprimento.

– Oi – respondeu Gael, excitado e ao mesmo tempo tenso. – Obrigado por me chamar aqui. Quem era aquele homem careca?

– Ninguém importante. Era só o dono da gravadora. Não entende nada de música. Mas, me diga. Essa canção. Você sempre chora quando a canta?

– Não. – Gael sorriu, envergonhado. – É que... passei por muitas coisas até chegar aqui.

– Posso imaginar – solidarizou-se Carmelo.

O empresário percebeu que Gael possuía uma mancha escura ao lado de seu olho esquerdo. Indagou:

– Que marca é essa?

– Nada – disse Gael, passando a mão no rosto. – Uns caras mexeram comigo na rua por causa dos meus cabelos longos.

– Certo. – Carmelo sorriu. – Você é um *bad boy*? As meninas podem gostar disso. Acho que também vão gostar do seu choro. Foi absurdamente teatral e lindo. Quem foi seu professor de canto?

Ninguém! Ninguém havia ensinado Gael a cantar ou tocar violão.

– Ora, ora... – disse Carmelo, com certo deslumbre na voz. – A imprensa vai adorar saber disso. Todos adoram um geniozinho.

– Gênio, eu? – indagou o rapaz.

– Você terá aulas de violão e de canto com os melhores professores. Mas isso será um segredo nosso. Para a imprensa, sempre dirá que aprendeu tudo sozinho. Combinado?

– Combinado.

Carmelo deu um tapinha nas costas do rapaz.

– Você precisa endireitar sua postura imediatamente.

– Deixa comigo – disse o rapaz, empinando o peito.

– Fizemos uma pesquisa há pouco tempo e descobrimos que a maioria das adolescentes gosta de cantores louros, que tenham atitude sedutora, trejeitos marginalizados, roupas debochadas e vibrantes, corpo definido e cara de criança. Acho que você se encaixa no perfil. Gosta de malhar?

– Não sei. Nunca malhei.

– A partir de hoje você adora malhar. Vai fazer isso duas vezes por dia. Terá acompanhamento de um fisiculturista e de uma nutricionista.

– Nutricionista?

– Sim, para ganhar massa magra.

– Certo.

– Nossa pesquisa também mostrou que grande parte das adolescentes gosta de rapazes sofredores. Acho que seu choro ficará apoteótico no clipe.

– Clipe?

– Sim, gravaremos terça que vem. Vamos precisar dos clipes quando lançarmos seu CD.

– Meu CD?

– Não vende muito nos dias de hoje, mas serve como cartão de visita. Nosso forte serão os shows. Preciso que seus pais assinem uns contratos.

Gael sentiu uma fisgada no coração.

– Pode ser um dos dois?

– Pode. Eles são divorciados?

O rapaz assentiu com a cabeça.

– Ah, agora entendi essa sua cara de pardal abandonado – disse Carmelo, sorrindo. – Não se preocupe com isso, Gael. A partir de agora, você terá uma nova família.

Os olhos de Gael brilharam. O momento era fascinante. Seu desejo era sair correndo e contar a novidade para todos. Mas ainda não podia comemorar. Tinha um problema iminente para resolver: não tinha dinheiro para pegar o ônibus de volta. O sol estava se pondo e ainda precisaria percorrer uma longa extensão de terra para chegar à sua casa.

– Tenho que ir. Meu bairro é perigoso. Não posso chegar muito tarde.

– Fique tranquilo. Um dos nossos motoristas levará você.

Naquele dia, Gael foi levado para casa dentro de um carro executivo da gravadora. O rapaz sabia que muitas coisas mudariam. De repente, ultrapassara uma linha muito tênue entre o além e o aquém, entre a realidade e o sonho, entre a razão e o vício.

Três anos depois, Gael Mattos se sentia vitorioso. O sucesso e o dinheiro tinham mudado definitivamente sua vida. O rapaz não teve dificuldades em compor novas canções e lançar outros CDs. Começou a crescer profissionalmente. Gravou com grandes nomes da música popular brasileira, fez shows para estádios lotados, embarcou em temporadas internacionais, conheceu presidentes, ganhou prêmios, visitou lugares incríveis e teve muitas experiências precoces. Seus namoros foram estampados nas manchetes dos jornais: atrizes, cantoras e modelos – todas muito mais velhas que ele. Não demorou muito para surgir notícias sobre seu envolvimento em brigas nos guetos que frequentava. Para piorar, a Polícia Civil chegou a intimar o artista para prestar esclarecimentos sobre supostas amizades com traficantes.

Após o lançamento de seu primeiro álbum, Gael não colocou mais os pés na casa de sua mãe. Logo, surgiram denúncias na imprensa de que Gael também não frequentava a escola. A gravadora teria subornado os donos de uma desconhecida instituição de ensino para manter o roqueiro matriculado e com boas notas em todas as matérias.

Carmelo não estava preocupado com a publicidade negativa causada pelas matérias de jornais e pelas denúncias do Ministério Público. Paradoxalmente, os escândalos envolvendo Gael o transformavam em um fenômeno de mídia, algo que chamava ainda mais a atenção do público adolescente. O jovem cantor ultrapassara a faixa de um milhão de CDs vendidos, protagonizara campanhas publicitárias e assinara um contrato de exclusividade com um canal de televisão. Carmelo só demonstrou preocupação quando o professor Vandré Mattos, pai de Gael, entrou na Justiça solicitando a guarda do cantor e a tutela de sua fortuna, estimada em cinquenta milhões de reais. Apesar de receber apoio jurídico da gravadora, a mãe de Gael faltou a todas as audiências marcadas pelo Juiz da Infância e da Juventude e acabou perdendo o caso.

A primeira decisão de Vandré Mattos como responsável legal pela guarda de Gael foi matricular o filho na escola onde trabalhava como diretor. Se não aceitasse estudar, o jovem seria impedido de cantar. A gravadora entrou com um pedido de anulação do julgamento no Tribunal Superior. Paralelamente, os advogados da gravadora entraram com um processo na Justiça em nome de Gael solicitando sua emancipação

parental. O argumento era de que o jovem poderia se sustentar sem a ajuda dos pais. Outro argumento, esse mais grave, acusava o professor Vandré de tentar roubar o dinheiro de seu filho e de usar a imagem do roqueiro famoso para atrair novos alunos para a instituição em que trabalhava.

Agora, Gael precisava ter paciência e esperar. Seus advogados garantiram que ele não tardaria a conseguir a emancipação judicial. A cidade de seu pai era afastada do eixo Rio-São Paulo, e isso poderia atrapalhar sua agenda de shows. Mas o que mais incomodava Gael era saber que durante anos Carmelo fizera o papel de pai, mas agora ele teria que lidar com um homem estranho, pragmático, chato e cheio de regras. Como sobreviver a tudo isso?

Foi com a cabeça infestada de grilos que Gael viu seu carro estacionar em frente ao portão de sua nova escola. Uma massa enfurecida cantava suas canções como se estivesse se preparando para arrancar seus olhos. Fundo musical para a morte? "Carmelo, cadê você?", indagava Gael em silêncio. Não havia seguranças no local. O motorista tentou ajudar o cantor a sair do carro, mas acabou engolido pela horda de cotovelos e joelhos. Gael destravou a porta para tentar ajudar o motorista e foi agarrado e arrancado com violência de dentro do veículo. Foi arranhado no pescoço e beijado na boca por algumas meninas alucinadas. Precisou correr para dentro da instituição. A turba infeliz foi em seu encalço. Alguém colocou o pé para o cantor cair e seu rosto aterrissou no pátio de cimento. As pessoas se jogaram em cima de Gael e o jovem começou a sufocar.

Gael nunca havia sentido aquela sensação de esmagamento. O ar começou a escassear em seus pulmões e, de repente, sentiu que alguém arrancava suas calças. "Não! Isso já é demais", pensou o rapaz. Ao longe, ouviu algumas pessoas rindo. Tudo aquilo era uma mistura de histeria, desejo e maldade. Quando pensou que jamais se livraria daquela humilhante situação, viu a sombra de uma mão vindo em sua direção. Era a mão grande de um segurança. Devia ser forte, a julgar pela rapidez com que retirou Gael do meio da multidão.

– O que estão fazendo? – gritou o anjo salvador. – Vão matar o garoto! Sumam daqui! Alunos, já para as salas! Quem não estuda aqui, que vá embora. Andem!

Gael mancou até a Coordenação e as portas foram fechadas atrás dele. Sôfrego, o jovem cantor se sentou em uma cadeira. Uma moça assustada aproximou-se do rapaz e disse-lhe, com um sorriso forçado:

– Bem-vindo ao Colégio Santa Rosa!

Aquilo era muito surreal. Ninguém lhe trouxera água, saco com gelo, nada!

O homem que acabara de salvar Gael chamava-se Pedrão. Entrou na Coordenação e indagou ao jovem:

– Você está bem, campeão?

"Campeão... Ninguém fala assim comigo", pensou o rapaz, enfezado.

– O pessoal aqui é boa gente – disse a mocinha, ainda sorrindo. – Você vai se acostumar.

– Quem é você? – Gael odiava fazer essa pergunta constrangedora, mas era necessário, já que as pessoas insistiam em não se apresentar.

– Ah, me desculpe, estou nervosa. Meu nome é Clarinda. Sou assessora pedagógica.

– Clarinda, quero fazer uma reclamação. Eu quase morri!

– Sim, eu vi. – Ainda sorria a pobre mulher. – Nós perguntamos a seu pai... quer dizer, ao Diretor Vandré, se deveríamos pensar em um esquema especial para recepcioná-lo, mas ele disse que não, pois queria que você tivesse uma experiência normal em seu primeiro dia de aula.

Gael arregalou os olhos, indignado.

– Aquele ataque ninja pareceu uma "experiência normal" para você?

O professor de Educação Física deu uma sonora gargalhada. Gael fechou os olhos com raiva. "Meu pai não tem noção de quem sou", refletiu.

A mulher engoliu em seco.

– Bom, quero que saiba que todos os novos alunos são assessorados no primeiro mês. Por isso, estarei à sua inteira disposição em caso de dúvidas.

Gael passou a mão no rosto e percebeu que sangrava.

– O que quer conhecer primeiro? – indagou a mulher. – A quadra, o auditório, a cantina ou as salas de aula?

– A enfermaria. Por favor!

Se o destino fosse um homem, teria longas barbas brancas e seria capaz de manipular com graça e desapego o coração das pessoas.

Ana era amparada por Astolfo na maca da enfermaria. A médica responsável pelo ambulatório assistia passivamente à cena. Estava totalmente inutilizada, já que o rapaz monopolizava todos os recursos da enfermaria em favor de sua amiga:

– Quer mais água, Ana? Você jura que está melhor? Por que não se senta um pouco? Vou lhe trazer mais um travesseiro.

Ana se sentia tonta e não tinha ideia de que seu melhor amigo estava com um corte profundo no braço – resultado do movimento que fizera para tentar conter sua queda.

– O que houve com você, Ana? – indagou a médica quando Astolfo finalmente se afastou da maca.

– Meu nariz sangrou. Quando percebi, já tinha desmaiado. Não posso ver sangue.

– Acho que o Astolfo é apaixonado por você – confabulou a doutora. – Ele está com o braço ferido. Vai precisar tomar pontos e fazer várias aplicações de uma vacina contra o tétano. Apesar disso, só tem olhos para você.

Já fazia alguns meses que Ana desconfiava disso. As constantes visitas de Folo, seus pedidos inexplicáveis por abraços e beijos e seu carinho latente eram sintomas de um sentimento muito mais forte do que uma simples amizade.

– Mas ele é meu amigo – argumentou a jovem. – Não gosto dele de outra maneira.

A médica sorriu fraternalmente e se afastou.

Da maca, Ana pôde ver o cantor Gael Mattos entrar claudicante no ambulatório, amparado por Pedrão e Clarinda. O jovem de longas madeixas louras cambaleava com uma das mãos na testa.

– O que houve? – indagou a médica.

Pedrão respondeu com uma gargalhada:

– O astro pop aqui deu com a cara no chão!

A médica afastou a mão do jovem de seu rosto e percebeu que o ferimento não passava de um pequeno corte no supercílio.

– Não precisará de pontos. Vou fazer um curativo.

– Um curativo? – irritou-se o rapaz. – Acho que tive um traumatismo craniano!

Clarinda deu um suspiro de cansaço.

– Você é o aluno novo? – indagou Ana, a voz tímida do outro lado do ambulatório.

Gael olhou para a jovem deitada na maca e não pôde acreditar em sua beleza. Tinha os cabelos ruivos e ondulados; o rosto ainda possuía traços da infância. Em seu rosto, havia sardas de quem ainda não amou. O sorriso era emoldurado por uma doçura indisfarçável e seus olhos possuíam uma escuridão penetrante.

– Sim. E o seu nome? – Gael pareceu esquecer-se momentaneamente das dores que sentia.

– Ana Júlia. Vamos ser colegas de sala.

– Não diga!

A jovem deu-se por satisfeita com aquela conversa e aquietou-se. Gael ficou assombrado com a reação dela. Estava acostumado a ver as meninas mais bonitas do mundo rasgando as roupas para chamar sua atenção.

– Espere um pouco – disse a médica, com um estranho tom de voz. – Você é aquele cantor famoso, Gael Mattos?

– Sim – disse o rapaz, ainda encantado com Ana.

– Meu Deus! Minha filha é sua fã. Você poderia lhe dar...

– Claro, claro.

Gael tirou uma caneta do bolso e, automaticamente, rabiscou o uniforme branco da doutora.

Dez minutos mais tarde, Folo chegou por ali com o celular na mão.

– Ei, Ana, sua mãe está vindo e...

Ao dar de cara com Gael, deu dois passos para trás. O jovem cantor tinha um enorme esparadrapo na testa.

De seu celular saíam *flashes* de uma *selfie* que ele publicaria em alguma rede social.
— Meus advogados vão amar isso aqui — disse o rapaz, posando para as fotos.
Pedrão e Clarinda bufaram juntos em sinal de cansaço.
— Você já está liberado, Gael. Pode ir pra aula — disse a médica.
Gael levantou-se cambaleando, olhou para Folo e praticamente atravessou o amigo de Ana com o olhar. Voltando-se para o local de partida como se esquecesse de algo valioso, repousou seus olhos novamente no rosto de Ana. Dessa vez, lhe disse com certa ternura:
— Espero que melhore logo. Foi um prazer conhecê-la, Ana.
— Até logo! — respondeu a jovem.
Gael assentiu com um sorriso e foi embora.
Folo percebeu que Ana fingia algum desinteresse quando, na verdade, seus olhos acompanhavam com curiosidade exagerada o rapaz que se distanciava. Intimamente, Ana sentia um zumbido no ouvido, uma mensagem de aviso, um esclarecimento sobre perigos e delícias. Atraída pelo jovem roqueiro — por suas tatuagens, por seu braço definido e por seus cabelos longos —, a menina engoliu seco e lançou um olhar preocupado para o teto. Folo assistia a essa sequência de eventos e, sentado numa maca, totalmente submerso em pensamentos, não sentia o contato de sua pele com a fina agulha da injeção administrada pela médica. Percebia

que Ana havia ultrapassado a medida do desalinho. Enquanto as jovens fãs de Gael desfrutavam superficialmente do mito de seu ídolo pop, Ana Júlia parecia mais interessada em conhecer seus mistérios.

E todos sabem que não há mito que resista a esse perigoso desejo de revelação.

CAP 07

"Tudo faz crer que seja apenas um problema passageiro."

"Sim, sim, ela teve um pico de pressão. Também não sei como é possível na idade dela... Mas já está bem, não se preocupe."

"Eu disse pro João ficar tranquilo, mas o homem é cheio de neuras. Sim, o Folo a levou para a enfermaria. Ele está bem, só vai ficar com o braço enfaixado."

"Aham-aham."

A mãe de Ana passara a manhã de sábado ao telefone. Ana descansava no sofá da sala, enquanto seu pai ainda dormia no quarto. Era muito raro encontrar a mãe de Ana em casa durante os fins de semana. Isso só acontecia em situações especiais, como eventos familiares ou quando alguém adoecia.

Havia, por parte de Ana, certo desejo pelos sábados. Não por conta da ausência de compromissos escolares. Não! Era nesse dia que Ana podia curtir sua casa na companhia tranquila de seu pai. Na vitrola antiga, um LP dos Beatles. Na hora do jantar, panquecas feitas de improviso. Havia algo em seu pai que o credenciava como sua alma gêmea, justamente por gostar de música e de tranquilidade. Já sua mãe parecia um vendaval que, de posse do telefone, seguia com seu turbilhão de problemas:

"Vou poder assistir à *avant-première*."

"Ah, não, odiei a trilha sonora escolhida para o filme. Eu queria Guns N' Roses. Os produtores acharam batido."

"É lógico que estou feliz com o sucesso do livro. Sempre quis que se transformasse em filme. Mas tenho medo da reação dos leitores."

Por anos, a mãe de Ana, Alexia, lutara para tornar seu livro *Céu de um verão proibido* um sucesso. Deu certo! A autobiografia lhe rendera prêmios e convites para publicações no exterior, além de inúmeras montagens teatrais e convites para eventos. Mas todo o dinheiro conquistado pela escritora até aquele momento não poderia ser comparado ao montante alcançado pela adaptação cinematográfica: dois milhões e meio de reais e um contrato de exclusividade com uma badalada agência de produção de São Paulo, a Filmar. Ana e sua família deixavam a classe média para ascender à categoria dos ricos. Mas, a despeito de qualquer deslumbre que o dinheiro pudesse causar, morava no coração de Ana e de seus pais o desejo de permanecer unidos e de curtir, com simplicidade, o que a vida tinha de bom para oferecer. Por isso, decidiram continuar a viver na mesma casa e da mesma maneira: trabalhando, estudando e produzindo.

"O quê? O João? Está ótimo!", seguia a mãe de Ana ao telefone. "Tem escrito muito sim. Precisa ver o material que tem oferecido aos editores."

"Pois é... João é considerado o melhor poeta de sua geração. Ganha uma batelada de prêmios quando lança um livro. Mas o mercado literário não valoriza os poetas."

"Não! Os livros do João Miguel não vendem muito. Mesmo assim, seu irmão Henrique publica as obras por sua editora. Sim! Coloca todos os lançamentos do João na vitrine de sua rede de livrarias."

"Ah, sim, o Henrique é um amor!"

Ana estava prestes a formalizar uma reclamação. Acostumara-se com a casa livre de tormentas nas manhãs de sábado. Mas desistiu de protestar quando seu pai acordou. Aquele era o melhor momento da semana. Durante os dias úteis, João normalmente ficava em seu escritório escrevendo até seis horas da manhã. Por conta do trabalho, costumava dormir até tarde no dia seguinte. Mas, nas manhãs de sábado, sempre criava umas situações divertidas para animar a filha.

– Bom dia, Ana. Vamos cheirar o mundo? – propôs o homem.

– Bom dia. Vamos o quê?

João Miguel passou a mão em um robe e saiu de casa. Ana se olhou no espelho. Estava de roupão, com os cabelos desgrenhados, de pantufas! Nem havia escovado os dentes ainda.

– Espere um minuto, pai!

O homem já se encontrava do outro lado da rua. Ana saiu de casa correndo, alegre por poder andar daquele jeito ao lado de seu pai. Quem olhasse de longe teria motivos para se rasgar de risos. Pai e filha, os dois molambentos, de robe e pantufas no meio da rua.

– Precisamos cheirar o mundo! – repetia João, com os olhos brilhando.

Assim que João colocou os pés na feira de legumes e verduras, começou a avalanche de cumprimentos:

– Salve, Poeta! – disse o verdureiro.

– Salve!

– Bom dia, Poeta! – cumprimentou a vizinha da rua de trás.

– Oi, querida.

– Poetinha, a bênção! – pediu a velhinha que vendia biscoitos.

– Já disse que não sou padre, dona Carminha.

– Vai um peixe hoje, poeta? – ofereceu o peixeiro.

– Não – respondeu João. – Hoje trouxe minha filha para cheirar o mundo.

– Tá bom! – acenou o peixeiro.

Ana ficou satisfeita por passar incólume pela barreira formada pelos olhares das pessoas. A despeito daquilo que pudesse ser considerado ridículo, havia entre seus vizinhos certa compreensão: parecia que João tinha o direito de andar na rua de robe pelo simples fato de traduzir a vida em versos.

– É aqui. Você entendeu como fazer? É só pegar com as mãos e cheirar.

A barraca de temperos tinha dezenas de especiarias. Ia dar muito trabalho cheirar tudo, mas, mesmo assim, Ana estava pronta para ajudar. Correu para a ponta esquerda da banca e enfiou a mão no primeiro pote de temperos que viu. Depois, levou as pequenas migalhas ao nariz e sentiu um cheiro peculiar.

– É mate!
– Mas tem cheiro de quê? – indagou seu pai.
– De terra molhada!
– Perfeito.

João Miguel estava na ponta direita da banca e também tinha suas sensações:

– Cheiro de massa fresca. É manjericão!
– Fogo na mata. Alecrim!
– Cheiro de império romano. Louro!
– Cheiro de vento. Cebolinha!
– Frescor. Hortelã!
– Conforto. Noz-moscada!
– Saúde. Cravo!
– Bagunça. Cheiro-verde!
– Fumaça. Canela!
– Amor. Melissa!

João Miguel franziu o cenho, interessado no que a filha acabara de dizer, e fitou Ana de soslaio. Depois, lhe apresentou o melhor de seus sorrisos.

"Droga", pensou Ana. "Por que fui falar em amor?"

Para essas coisas, o pai de Ana tinha uma espécie de sexto sentido, uma antena maior do que a Torre Eiffel.

– Qual tempero nós vamos levar? – disfarçou Ana. – Que prato você quer cozinhar?

João deixou seus olhos se perderem na linha do horizonte.

– Não é um prato, Ana. É um poema. E poema não se come, se respira. É como a maldade, não pode ser vista, apenas sentida. É como o medo, não pode ser atribuído ao inverno, mas está sempre de mãos dadas com o frio que corre por nossas espinhas quando alguém decreta a falência das razões. É como o amor...

"Droga, começou!", pensou Ana, constrangida ao perceber que estava prestes a ter uma conversa sobre amor com seu pai.

– Por que estamos cheirando o mundo, pai? – indagou a jovem para disfarçar.

– Trata-se de uma lição sobre sentidos – explicou o homem. – Ferreira Gullar escreveu sobre o cheiro da tangerina. Quando li esse poema pela primeira vez, me melequei todo com aquele cheiro cítrico. Quase morri!

O feirante que acompanhava aquela conversa deu uma gargalhada cética.

– Desculpe, Poeta, mas como é que um poema pode ter cheiro? – indagou o homem.

João sorriu.

– É um poema sensorial, meu bom amigo. O velho Ferreira evoca nossas memórias olfativas. Ele não só consegue descrever o cheiro da fruta, como me faz ter vontade de ser uma tangerina. Já imaginou? Ser descascado com tanto desejo?

O pai de Ana simulou um *striptease*. Tirou o robe no meio da rua e teatralizou o poema da mexerica despida. Por sorte, estava com um pijama por baixo do roupão.

– Bravo, urra, fiu-fiu! – começaram a gritar os passantes.

– Já pensou ser devorado e depois ter suas sementes plantadas para a posteridade? – indagou João Miguel. – O seu código genético ali, representado? Isso não é lindo?

– Sim, pai. É lindo – concordou Ana sem muito entusiasmo. Sabia que aquela conversa aparentemente louca era a manifestação mais objetiva do interesse de seu pai em iniciar uma conversa íntima sobre amor.

– Aconteceu comigo e com sua mãe. Éramos um pouco mais novos que você quando começamos a estranhar essa sensação nova, esse desejo proibido.

– Eu sei, pai. Eu li o livro da mãe.

– Há a fase certa para tudo nesta vida, minha filha. Eu e sua mãe fomos privados de liberdade em muitos aspectos durante nossa juventude. Isso, de certa forma, nos protegeu do mundo. Hoje, as coisas estão diferentes. Não sei o que é viver nesse... – respirou profundamente em busca do melhor termo – nesse "céu de um verão permitido". Mas você, pelo visto, saberá. E o que me preocupa é saber que experimentará prazeres que antigamente pertenciam apenas aos adultos. É preciso avaliar as consequências dessa experiência em tão tenra idade, filha, para não se perder. Para não se perder!

Para surpresa de Ana, havia lágrimas nos olhos de seu pai.

Vandré era o mais comedido dos homens. Seus passos eram presumidos e seus gostos, refinados. Tímido, pouco aparecia nos corredores da escola, mas sua presença era notada por meio de seus atos. Dedicado, trabalhava dez, doze horas por dia. Orientava os funcionários da escola com leveza e coordenava com muita integridade e bom senso as reuniões entre pais e professores. Conhecia todos os alunos pelo nome. Tinha pulso firme com os estudantes, mas sabia ser flexível quando necessário. Dedicado, tentava incentivar os alunos a frequentar a biblioteca e tirar o melhor proveito das aulas. Para isso, era capaz de desenvolver engenhosos projetos de arte-educação e realizar eventos que chamavam a atenção de toda a comunidade local. Tinha fascínio por limpeza. Por causa desse fato, não se via uma única folha seca no pátio da escola. Os corredores estavam sempre muito limpos e cheirosos. Administrador nato, sabia organizar os gastos de modo que sempre sobravam recursos para a compra de material esportivo, de escritório ou de construção. Fazia

questão de estar por dentro de tudo que acontecia na escola e, por isso, tomou conhecimento do perigoso episódio envolvendo a jovem Ana Júlia e seu melhor amigo, Astolfo.
– O que eles faziam na árvore do vizinho?

A segunda-feira mal havia começado e uma reunião de emergência já tomava o tempo da assessora pedagógica Clarinda e do professor de Educação Física Pedrão no gabinete do diretor Vandré.

Diante do silêncio de Pedrão, Clarinda tomou a dianteira:
– Parece que subiram lá para ver melhor a chegada de seu fi... quer dizer, do aluno novo, o Gael Mattos.
– Sei bem o nome do aluno novo, Clarinda, obrigado. – ironizou o diretor. – Não posso imaginar o que aconteceria conosco se a filha dos escritores caísse daquela árvore.
– O que faremos com Ana e Astolfo? Suspenderemos eles? – indagou Clarinda.
– Não. Suspensão é tolice. Dá impressão de que não temos compromisso com a educação desses jovens. Por que Ana Júlia e Astolfo não estavam na aula de Educação Física, professor Pedro?
– Poucos alunos foram para a quadra na sexta – explicou Pedrão. – A maioria queria ver o cantor chegar.

Vandré colocou as mãos nas têmporas inchadas.
– Estou começando a me arrepender de minha escolha. Já tínhamos problemas suficientes nesta escola. Façamos o seguinte: suspenda o recreio de Ana

e Astolfo. Mas não quero ver esses dois de papo. Terão que fazer uma redação sobre o último livro que pegaram na biblioteca.

– Teremos uma dificuldade em relação a isso – salientou Clarinda. – Astolfo não frequenta a biblioteca.

– Típico! – disse o diretor, atirando os braços para o alto. – E a jovem Ana Júlia?

– Pois é... – gaguejou Clarinda. – O caso dela é ainda mais complicado. Essa menina é assídua frequentadora da biblioteca. O último livro que pegou foi *Guerra e Paz*.

– De Tolstói? – surpreendeu-se o diretor.

A assessora pedagógica acenou positivamente.

– Nem eu tive coragem de ler esse livro! – exclamou Vandré.

– Pois é. Quem vai avaliar a redação dela?

O diretor percebeu que estava em uma situação delicada. Sem perder a pose, revelou sua decisão:

– Que produzam uma redação com tema livre.

Pedrão assentiu com a cabeça. Clarinda disfarçou:

– Professor Vandré, preciso conversar um assunto em especial com o senhor.

Vandré esperou Pedrão ganhar os corredores. Assim que a porta do gabinete foi fechada, sentou-se em sua poltrona e disse, com ar de intimidade:

– Espero que seja assunto de trabalho, Clarinda.

– Não é. Desculpe, querido. Estou preocupada. Como foi seu final de semana?

Vandré não gostava de falar de assuntos particulares na hora do trabalho. Fazia de tudo para esconder seu relacionamento com Clarinda dos outros funcionários da escola. Temia que fosse acusado de favorecer a assessora pedagógica em detrimento de outros funcionários mais experientes e mais importantes na hierarquia funcional da instituição.

– Não é hora para isso.

– Você mal tem tempo para mim – reclamou a mulher. – Está sempre trabalhando. Não tem tempo para sair, para jantar, para dançar ou para ir ao cinema. Gastou todo seu dinheiro com advogados e, por causa disso, não pudemos viajar para comemorar nosso aniversário de namoro. Estou realmente preocupada. Você não retornou minhas ligações nesse fim de semana.

Vandré lembrou-se das acusações de sua ex-esposa. Eram as mesmas de Clarinda: muito dedicado ao trabalho, sempre ocupado, não tinha tempo para o lar, para a família ou para os amigos. Mas ele amava Clarinda e não queria, de modo algum, perdê-la.

– Tudo bem – o homem pegou as mãos da assessora pedagógica. – Vou contar o que aconteceu nesse fim de semana.

O diretor conduziu a namorada para o sofá de seu gabinete. Depois, checou se a porta do escritório estava trancada. Cansado, bateu a cabeça propositalmente na moldura da porta e, virando-se para Clarinda, disse-lhe:

– Ele não me procurou.

Clarinda arregalou os olhos, assustada.

– Como assim?

– Gael não me procurou ao chegar à cidade. Após a aula de sexta-feira, soube que ele pegou o avião e cumpriu a agenda de shows do fim de semana.

– Você não tem o controle do dinheiro dele? – indagou Clarinda.

– Sim. Apliquei a fortuna em um investimento. Está em nome de Gael. Você sabe, não tenho o menor interesse naquele dinheiro. Só quero que meu filho tenha juízo.

– E como é que Gael consegue viajar sem o dinheiro? Onde ele está morando em nossa cidade?

– A Soft Music hospedou Gael no Hotel Resort. Essa gravadora é muito poderosa. Sinto que perderei essa guerra, Clarinda. Não me oponho à carreira do Gael. Quero apenas dar a ele a oportunidade de ter uma família funcional e salvaguardar seu patrimônio intelectual. Queria tanto ver meu filho formado um dia.

O homem começou a se engasgar com as lágrimas. Clarinda correu em seu socorro:

– Acalme-se. Gael é jovem e ainda não percebeu as vantagens de estar matriculado nesta escola. Mas nós faremos dele o melhor aluno desta cidade.

De repente, os dois escutaram um terrível alvoroço vindo da entrada da escola. Parecia que um estádio de futebol lotado fora instalado de uma hora para outra na frente da instituição de ensino.

– Por falar no diabo... – disse o diretor.

– Era chamado de "Bandeiras" esse movimento que tornou possível o alargamento da civilização colonial do Brasil.

O professor de História caminhava de um lado para o outro com as mãos entrelaçadas em suas costas. Não era fã de quadros-negros; gostava de dar aulas como faziam os antigos sábios do mundo tribal.

– Para além do interesse pelas esmeraldas, Fernão Dias, o bandeirante mais famoso, entrava nas matas virgens para buscar outros tipos de riqueza. Alguém sabe me dizer quais?

Gael Mattos levantou o braço, o que muito surpreendeu o professor.

– Pois não, meu jovem.

– Ele buscava o chamado "ouro negro", uma referência aos escravos índios, uma transgressão às leis da época.

– Muito bem, meu caro. – O professor sorriu. – Você estudou as páginas 56 e 57 do livro?

– Não, professor. Tive o privilégio de conhecer uma aldeia xavante no interior do Mato Grosso. Foi maravilhoso. Sentado na beira do rio, o cacique Anhamã me ensinou muito sobre a história de seu povo. Sua aldeia foi assentada por jesuítas no século dezessete, e, desde a expulsão da ordem religiosa, aqueles índios tiveram dificuldades para manter a demarcação de suas terras. Essa luta continua até os dias de hoje.

O professor ostentou um sorriso emocionado.

– Que história belíssima! Parabéns!

Ana Júlia não pôde deixar de sorrir diante daquela situação. Intimamente, torcia pelo jovem cantor, só não sabia o motivo. Tinha conhecimento do que diziam os meninos invejosos da escola: "o cantor milionário e repetente", "o garoto narcisista e analfabeto".

– Bem feito para eles! – disse a jovem, em voz baixa.

Na carteira ao lado, Astolfo acompanhava em silêncio seus movimentos mais sutis.

– Ana Júlia – chamou o professor, despertando-a do torpor.

– Pois não.

– Ainda sobre os jesuítas: por que a Companhia de Jesus foi expulsa das terras brasileiras?

– Depende, professor – respondeu a menina. – Tem a versão oficial e a não oficial.

– A oficial, por favor – disse o professor entredentes.

– Aprendemos nos livros de História que a Companhia de Jesus foi expulsa por sua oposição à escravização dos índios.

– Certo!

– Mas a resposta verdadeira está no objetivo das elites quanto ao uso da terra. Portugal desejava explorar a Colônia. O desenvolvimento dos povos, a educação católica e o surgimento de uma ideologia sobre a unificação do País não eram temas tolerados pela Coroa portuguesa.

O professor ficou curioso. Colocou a mão sobre o queixo e indagou:

– Você já está na faculdade, mocinha?

A turma toda riu por causa do comentário inusitado do professor.

– Não, professor – Ana sorriu. – Li *Brasil, o País do Futuro*, de Stefan Zweig. Esse livro está disponível na biblioteca da escola.

O professor assentiu com a cabeça e resmungou:

– É o fim da minha carreira. Primeiro, tomo lições de um roqueiro. Depois, de uma garota que aprendeu História do Brasil com um suicida alemão.

Todos riram. Quando Ana Júlia tomou conhecimento de si, já estava novamente olhando para Gael Mattos. Ele, por sua vez, também a fitava com um sorriso no rosto.

Ana pegou seu caderno, escreveu "olha pra frente" em letras garrafais e mostrou para o colega famoso. Gael pegou seu caderno e fez o mesmo. Escreveu "eu não consigo" e mostrou para Ana. O coração da jovem acelerou dentro do peito. Nunca havia ficado com ninguém. Estava sempre com Astolfo ou com seus pais. Não era afeita a festas. O cartaz escrito por Gael a surpreendera. Qual deveria ser seu próximo passo nesse jogo de conquista?

Quando o sinal do recreio tocou, Astolfo comemorou. Ficaria a sós com Ana na sala de aula. Aproveitaria a oportunidade para conversar e convidá-la para sair. Mas, assim que as pessoas começaram a se levantar para ir ao pátio, foi surpreendido pela visita de Gael à carteira de sua amada.

– Ei, Ana, você arrebentou! Sua resposta foi muito boa – elogiou o cantor.

– Você também me surpreendeu – respondeu Ana. – Não sabia que gostava de História.

– Eu também não sabia – riu o rapaz, colocando os cabelos louros para trás. – Mas andei pensando muito sobre isso. Não frequentei tanto a escola, mas aprendi muita coisa viajando.

"Quero ver se essas experiências vão te ajudar na prova de Física, otário", pensou Astolfo, tinindo de ciúmes.

– Isso que você está falando é legal – disse Ana. – Tem muita cultura assistemática.

– Cultura o quê? – indagou Gael.

– Assistemática. Tudo que aprendemos com nossos professores é sistema. A cultura na escola é sistemática. Você vai se dar bem, pois também tem muita cultura assistemática, essa que aprendemos fora da escola.

– Então vamos fazer um acordo. Ensino cultura assistemática pra você e você me dá umas aulas de Física. Estou morrendo de medo dessa matéria.

Folo arregalou os olhos, surpreendido.

– Ih, Leis de Newton! – exclamou Ana. – Não tem mistério. Você vai até se divertir.

– Pode crer!

Astolfo revirou os olhos. "Tá bom, tá bom, agora se manda, pois temos trabalho a fazer", bufou, incomodado.

– Vamos para o recreio? – indagou o cantor. – Essa é a melhor parte da minha manhã.

– Não – disse Ana. – Preciso ficar. Tenho uma redação para fazer.

– Não diga! Adoro redação. Posso ajudar?

– Claro!

Astolfo deu um tapa na testa.

– O Folo não liga, né, Folo? – disse Ana, beliscando a perna do amigo para que ele deixasse a carteira para Gael.

Astolfo levantou-se abruptamente e deu um gritinho que até para ele pareceu demasiadamente afeminado.

– "Folo"? – estranhou Gael. – Seu apelido é legal. Mas qual é o seu nome verdadeiro?

"Não te interessa", pensou o rapaz.

– É Astolfo – Ana riu. – A mãe dele o detesta. Por isso deu esse nome para ele.

Ana e Gael começaram a rir. Astolfo fez uma careta irônica e endireitou sua carteira, que havia caído com o peso da mochila.

– Prazer. Gael Mattos – disse o cantor para Folo.

– Prazer – respondeu o rapaz com voz quase inaudível.

Gael sentou-se ao lado de Ana. Folo acomodou-se um pouco mais afastado do casal.

– Qual é o tema da redação? – indagou Gael. – Tenho algumas experiências literárias, mas, no meu caso, só com músicas mesmo.

– Você escreve suas próprias canções? – perguntou a menina, surpreendida.

– Sim. É exigência do Carmelo, meu empresário. Ele gosta do que escrevo.

– Nossa, deve ser maravilhoso conseguir ganhar dinheiro com o que você mesmo escreve.

– É sim.

Astolfo não podia acreditar no que ouvia. Ana Júlia parecia totalmente absorvida pelos encantos de Gael Mattos, a ponto de se anular, de omitir suas raízes – logo ela, filha de dois escritores extremamente conhecidos.

– Como vamos começar? – indagou a menina.

– Estou mais preocupado em como vai terminar – disse Gael, com certa maldade na entonação da voz.

– Estou falando da redação, Gael.

– Eu não.

"Ah, maravilha", pensou Astolfo. "Agora esse cara vai paquerar minha garota na minha frente? Fala sério, vou sair daqui enquanto há tempo".

– Onde vai, Folo? – indagou Ana ao perceber que o amigo se levantava para sair.

– Pegar um pouco de água. Dor de cabeça – mentiu.

– Tadinho. Traz um pouco pra mim?

"Que droga, ela não se opôs à minha saída", pensou o rapaz, humilhado.

Assim que Astolfo deixou a sala de aula, Gael pegou as mãos de Ana. O cheiro quente do corpo do rapaz estava acompanhado de uma suave fragrância. A menina sentiu um arrepio crescente, que começou nos dedos e invadiu o plexo, ocupando espaço no alto de seus cabelos energizados.

– Quero te convidar para ir ao cinema hoje. Você topa? – indagou Gael.

Ana ficou alguns segundos em silêncio. Era muita informação para um único dia. Mas, ao mesmo tempo, Gael lhe passava tanta segurança e tranquilidade que as palavras saíram de sua boca como fruta madura que cai do pé:

– Topo. Que filme?

– Um lançamento. Vai ser hoje, às sete da noite. Passo às quatro em sua casa.

– Às quatro? Por que tão cedo?

– Surpresa. Avise a seus pais que você vai voltar às onze horas da noite em ponto.

– Tá bom.

Gael soltou a mão de Ana, levantou e se espreguiçou. Ana viu o torso desenvolvido do rapaz por dentro do uniforme azul e soltou um suspiro apocalíptico. Ao se dar conta do que fizera, olhou para frente, assustada, com o coração batendo a cem quilômetros por hora.

– Eu não tinha gostado desta escola. Você tornou este lugar especial – elogiou o rapaz.

Ana enrubesceu. Uma ardência abriu espaço em seu íntimo e aqueceu seu coração. Tentou agir naturalmente.

– Eu espero você. Rua das Rosas, número 40.

Gael assentiu com a cabeça e foi embora. Ana ficou estatelada na carteira, já sentindo a presença de sua ausência, do cheiro cítrico de seu perfume. "Algo mudou aqui", pensou a menina, com a mão no peito. "Ai, meu Deus do Céu".

Ana percebeu que uma cortina se fechava para sua infância. Tinha a impressão de que, ao abrir a janela, no outro lado do espelho da Alice, um sol apavorante ocuparia espaço em suas retinas. A sensação era nova, e, por mais que o momento fosse excitante, Ana se sentia comovida, com vontade de chorar.

– Ué, cadê o cara? – indagou Astolfo ao entrar na sala.

– Saiu – disse a menina, sem ar.

Astolfo se sentiu intimamente aliviado.

– Você está bem? – perguntou, aproximando-se da carteira da moça.

– Não. Mas vou ficar – respondeu Ana, levantando e afastando-se.

– O que houve? – indagou Folo, insistindo.

"Fui atropelada por um caminhão", pensou a moça.

– Nada. Taquicardia. É de família – respondeu.

– Tem certeza que você está bem? Semana passada você desmaiou. Beba um pouco d'água.

Astolfo passou o copo d'água para a amiga. "Tão gentil", pensou Ana, bebendo. "Mas acho que estou com outro tipo de sede".

Do nariz da moça, escorria um filete vermelho.

– Ana!

A menina percebeu que seu nariz vazava mais uma vez e buscou estancar o sangramento com um lenço que agora carregava na mochila.

– Que droga! – exclamou a jovem. – Deve ser a secura do ar.

Astolfo se ajeitou em sua carteira. Estava buscando palavras para propor o encontro.

– Ana, eu estava pensando... se a gente...

Ana fazia malabarismos com a cabeça para estancar o sangramento no nariz.

– ... não poderia ir ao cinema, se você não estiver muito ocupada.

– Hoje tá complicado, Folo – cortou Ana.

Astolfo engoliu em seco. Agora a menina assoava o nariz com violência. "Não há clima", percebeu o rapaz. "Que droga! Gael Mattos faz isso parecer tão fácil".

CAP 10

Todos os dias, às 15h, João Miguel se recolhia para sua rotina de leituras em seu escritório. Experiente, era capaz de ler um livro por dia. Sua biblioteca particular fazia sombra à legendária coleção de Sérgio Buarque de Holanda. Fã do historiador, tinha em *Raízes do Brasil* seu maior regalo. A obra, em edição de luxo, estava em eterna operação sobre a mesinha ao lado de seu sofá. Entre seus poetas favoritos, Mário Quintana, Ferreira Gullar e Paulo Leminski. No mais, gostava de Assis Brasil, Jean Genet, Dostoiévski e Anaxandrides.

Após seis, sete horas de leitura incansável, João preparava o jantar para Ana Júlia e, depois de um tempo de conversas e debates com a filha na sala de estar, voltava para o escritório como uma criança ansiosa que retorna aos brinquedos do parquinho. Depois, costumava escrever até as seis horas da manhã.

Ana trocava as pernas no lado de fora do escritório de seu pai. Sabia, desde pequena, que bater na porta era uma espécie de crime. O grande poeta não podia ser interrompido. Mas o grande poeta era seu pai, e, a despeito da fama terrível que os adolescentes têm, jamais havia corrompido as regras de sua casa. Na verdade, Ana nem se lembrava de qualquer regra imposta por seus pais, tamanho era o grau de harmonia que havia por ali.

Mas, por outro lado, sair de casa sem avisar poderia causar transtornos. Para variar, sua mãe não estava em casa e seu celular estava desligado. Normalmente, ela ligava às 18h, mas, nesse horário, Ana já estaria na rua. "O que fazer?", indagou-se. "Se o filme é às 19h, por que Gael quer sair tão cedo?".

Não havia muito tempo. Em menos de 60 minutos, o menino mais lindo do mundo passaria em sua casa para pegá-la. A última coisa que Ana queria era ter que dizer ao rapaz: "sinto muito, mas meus pais não me deixam sair de casa". Não! Havia muita coisa em jogo. Seu direito de ser feliz, por exemplo. Ana parou por um minuto e se questionou: "estou mesmo colocando minha felicidade no colo desse garoto?" Algo estava errado, algo estava MUITO errado. Mesmo assim, Ana respirou fundo e, pela primeira vez na vida, ousou dar três toquinhos com os nós dos dedos na porta do escritório de seu pai.

Toc, toc, toc.

João Miguel entretinha-se com uma edição rara da autobiografia de Dilermando de Assis, assassino de Euclides da Cunha. Ao escutar as batidas medrosas, imaginou que apenas um incêndio poderia servir como justificativa para tão grave interrupção.

– Ana, o que houve? – indagou o poeta ao abrir a porta, com seus óculos de leitura pendendo na ponta do nariz.

— Desculpe, pai, pela interrupção. É caso de vida ou morte. Posso ir ao cinema com meu colega de turma?

— Como assim? — indagou João Miguel. — Não vamos jantar juntos hoje? Não vamos conversar sobre a vida como sempre fazemos?

— Só hoje, papai. Diz que sim, diz que sim. Por favor!

O homem ficou paralisado por alguns instantes. Não sabia como lidar com aquela situação. Lá dentro do escritório, as páginas não lidas. Aquele volume raro tinha custado uma grana preta. Quase seiscentos reais. Era mais fácil se ater à sanguinolenta "Tragédia da Piedade" do que lidar com as maquinações da atual juventude.

— Tá bom — disse o homem sem pensar.

João sabia que o "só hoje" prometido por sua filha seria repetido várias vezes a partir daquele dia. Terminaria com netos, com toda certeza. Mas que droga! O que faria João Miguel agora para se inspirar, já que perdera o ótimo papo com sua filha após o jantar?

— Vai, se manda! — disse o homem. — Mas não se esqueça de mandar uma mensagem de texto a cada hora para dizer o que está fazendo.

"Que ideia de jerico", pensou João Miguel. O que sua esposa falaria sobre essa pedagogia tão permissiva e ao mesmo tempo tão pragmática?

— Obrigado, papai. Volto às onze horas em ponto. Prometo!

Ana esticou-se na ponta dos pés para beijar o pai no rosto. Uma sensação de nostalgia inundou o coração do homem. Saudades da adolescência, de quando a mãe de Ana, ainda em tenra idade, o beijava daquele mesmo modo. O vão entre a adolescência e a vida adulta dividia a vida em dois tempos. Na balança entre os dois mundos, João Miguel tinha preferência pela época em que seus óculos eram maiores que seu rosto e a inocência de seus atos o transformava numa espécie rara de herói.

– Tá, filha – assentiu o homem, voltando para dentro de seu claustro. – Depois vou falar com sua mãe.

"Minha mãe!", lembrou-se Ana. "Como vou contar para ela que fiquei com um menino?"

No mesmo instante, Ana curvou-se diante da dúvida: "fiquei?" E desbaratou-se escada acima na expectativa de se produzir para o infanticídio.

No aparelho de som, Abba. Suas colegas de escola nunca tomariam conhecimento desse fato. A despeito de tudo que acontecia no atual cenário pop internacional, Ana sabia admirar a boa música dos anos 1970. E a escolha da canção não foi obra do acaso:

– *You are the dancing queen, young and sweet, only seventeen* – cantou, aos berros, dentro do banheiro de seu quarto.

Ao sair do chuveiro, deixou a toalha escorregar por seu corpo. Admirou-se em frente ao espelho. "Branca", pensou. "Muito magra. Esquelética". Mas, no saldo total, estava satisfeita. Tinha um rosto bem torneado, olhos negros como a noite e cachos avermelhados sobre as bochechas cheias de pequenas sardas. Franziu o rosto e gostou do que viu. "Cara de gatinha", era como seu pai costumava chamá-la quando pequena. Passou a fazer caretas na frente do espelho. Estava nem aí para beleza. "Tem coisas mais importantes aqui dentro, ó", pensou, apontando para a cabeça e para o coração. Passou a dar tapinhas em suas coxas, fingindo cantar em uma banda de rock. Seu microfone era imaginário e, diante de si, o reflexo, capaz de copiar com minúcia cada gesto. Começou a rir. Era uma felicidade danada. "O menino mais lindo do mundo".

Deitou-se na cama e passou a olhar para o teto. Nele, a imagem de Gael caminhando até sua carteira. Seu rosto alvo, seus cachos louros, seu porte másculo. Nunca conhecera um menino com tanto jeito de homem. "Como ele é seguro. E a voz... gente, a voz!", delirou. O tônus muscular de seus braços se destacava dentro da camisa folgada quando o rapaz se movimentava. E seus olhos pareciam caminhos experimentados, locais seguros para passear, quem sabe até dormir, tal qual criança que se deixa levar pelo sono após um dia intenso de brincadeiras.

"Esse amanhã não tardará a vir", pensou a jovem, decidida a sufocar com tanta ânsia.

Olhou o relógio. Eram vinte para as quatro. Em pouco tempo, Gael Mattos lá estaria. Vestiu-se, calçou-se, olhou-se, zombou-se, sorriu, perfumou-se. Abba ainda tocava no aparelho de som quando escutou a campainha da porta da frente.

"É agora", pensou, feliz.

CAP 11

Ao abrir a porta, uma frustração.

Ana deu de cara com um homem com os olhos caídos, com forte odor de cigarro e a barba por fazer.

– Senhorita Ana? – indagou o homem. Na boca, um hálito etílico.

– Sim. Quem é você?

– Sou o Carmelo. Cuido dos interesses do Gael. Você deve ser uma pessoa muito especial para ele.

– Mesmo? – indagou a moça, sem entender muito bem o que estava acontecendo. – Como assim, você cuida "dos interesses do Gael"? Sou, por acaso, agora, um de seus "interesses"?

Carmelo ficou momentaneamente confuso com aquela reação.

– Desculpe, moço – concluiu a jovem. – Não avisei meu pai que sairia com você. Estava esperando pelo Gael e...

– O cara é moleque – disse Carmelo, acendendo um cigarro. – Não dirige. Alguém tinha que vir aqui pegar você, não é mesmo?

Em situações normais, Ana daria risadas. Mas aquela não era uma situação normal.

– Será que ele nunca ouviu falar em táxi? – perguntou, soberba.

Carmelo fitou Ana por alguns segundos e disse:

– Agora já entendi por que ele gostou de você.

"Ele gostou?"

– Gael não anda de táxi – informou o homem. – O fato é que estamos atrasados. Não podemos adiar a decolagem. O aeroporto de Congonhas é muito criterioso quanto aos horários de chegada das aeronaves.

– "Aeronaves"? – A moça arregalou os olhos, incrédula.

– Sim. Hoje é dia de *avant-première*. Você e Gael vão a um cinema em São Paulo.

– Em São Paulo?! – Ana quase gritou.

Carmelo lançou para Ana seu olhar mais zombeteiro.

– Vai ficar repetindo as coisas que digo?

– Mas... Gael não me disse que era em São Paulo!

O homem lançou os braços para o ar.

– Ainda mais essa...

– Esperava ir ao cinema aqui no bairro!

Carmelo estava incrédulo e cansado.

– Neste bairro? Nem sabia que esta cidade tinha cinema.

– Desculpe, senhor. Não tenho autorização dos meus pais para sair da cidade com um desconhecido.

Carmelo começou a ficar preocupado. Gael não tinha o melhor dos gênios. Com o passar dos anos, tornara-se displicente quanto à hierarquia dentro da gravadora e, por conta de seu sucesso, passara a fazer exigências pra lá de exóticas. E quando as tais exigências não corriam dentro do prazo ou do plano determinado, o rapaz era capaz de quebrar um camarim com o talento de um urso pardo. Carmelo só pensava no prejuízo com o qual teria que arcar se não atendesse a este último pedido maluco: em vez de tantas modelos famosas, atrizes e dançarinas, levar uma menina desconhecida do *show business* para um evento tão importante como aquele.

– Não sou desconhecido. – O homem sorriu de nervoso. – Sou Carmelo. O Gael deve ter falado sobre mim.

De fato, ele havia. Ana fitou o homem. Apesar das olheiras e das terríveis baforadas que dava em seu cigarro fedorento, parecia ser uma pessoa decente. Ao menos estava bem vestido. Ela respirou profundamente e tentou colocar as ideias em ordem. Por um minuto, havia esquecido que Gael não era um garoto comum, logo, não poderia ter com ela um encontro comum.

– Não quero forçar a barra – disse o empresário, notando que a garota estava indecisa –, mas eu conheço pelo menos um milhão de jovens que adorariam estar no seu lugar.

Ana fechou a porta atrás de si e, para surpresa de Carmelo, bufou, irritada:

– Pros infernos! Vamos!

Carmelo precisou dar uma corridinha para conseguir abrir a porta do carro para Ana. A jovem entrou no veículo sem tomar conhecimento de que se tratava de um sedã preto de luxo alugado para a ocasião. Em seu íntimo, algo não estava de acordo. Parecia que a ordem dos elementos estava corrompida. Sentia-se fora do contexto geral. Chegou a procurar Gael dentro do veículo. Nada. Só havia ela e o motorista. Frustrou-se: "por que ele não veio me pegar?" A pergunta foi rapidamente respondida por Carmelo, que, após lançar a bituca de cigarro no chão – gesto que Ana considerou inadmissível –, deu a volta no veículo e se sentou ao lado da moça no banco de trás.

– O Gael pediu desculpas. Ele queria vir pegar você pessoalmente, mas precisou gravar um comercial no Rio de Janeiro e se atrasou.

– Então ele não virá me encontrar?

Carmelo olhou seu relógio com impaciência.

– Conforme dito anteriormente, acho que ele gostou muito de você. Normalmente, a acompanhante dele o encontra diretamente no evento.

"Normalmente?", estranhou Ana em pensamento. Carmelo continuou:

– Mas, no seu caso, será diferente. Ele me fez mudar a rota do jato dele para que pudesse, à custa de alguns milhares de reais, buscar você pessoalmente nesta cidade. Nós o encontraremos no aeroporto agrícola.

"Aeroporto agrícola?" Ana nem sabia que sua cidade possuía um. Era muita informação.

Ana Júlia não estava feliz. "Normalmente, a acompanhante dele o encontra diretamente no evento". Gael teria que responder a um milhão de perguntas.

Alheio aos pensamentos da jovem, Carmelo deu continuidade aos comandos do dia:

– Você terá tempo de se arrumar no aeroporto enquanto esperamos o avião do Gael.

Ana tomou um susto. "Como assim?" Tentou abrir a boca, mas sua voz não saiu. Sem tirar os olhos do *smartphone*, Carmelo completou:

– Aquilo lá é um desfile de egos. Os maiores artistas do País estarão lá. A acompanhante de Gael precisa estar...

De repente, o telefone tocou e Carmelo imediatamente atendeu. Ana se sentia tão humilhada com aquela situação que teve vontade de mandar parar o carro e descer ali mesmo, no meio da rua. Por outro lado, tinha curiosidade de saber como tudo aquilo terminaria. Nunca passara por uma situação tão esquisita na vida.

"Quer dizer que não estou vestida apropriadamente para esse evento?", indagou-se. Olhou para sua pulseirinha de borracha. Presente de Folo. Em algum lugar daquela cidade, ele também usava aquela pulseira e relembrava com certa nostalgia das brincadeiras de outrora. Ana também tinha saudades daquele tempo, quando meninos e meninas não tinham sexo – eram apenas anjos... Anjos telúricos, evidentemente.

Ana estava vestida com sua roupa favorita: um vestido rosa, presente de sua mãe. Não era simples, mas também não era alta-costura. Apenas um vestido desses que as meninas usam em ocasiões um pouquinho mais especiais: o vigésimo aniversário de casamento de seus pais ou, finalmente, a noite de seu primeiro beijo.

Ana passou a mão nos lábios levemente escurecidos pelo batom. Achou por um momento que estivesse arrasando. Usara aquele batom apenas uma vez na vida: no ano anterior, em setembro, no seu aniversário de quinze anos. Aquela noite foi memorável. Muita comida, muita dança. Até tio Henrique estava lá, com mulher e filhos. Muitos amigos e pessoas queridas. Mesmo debilitada e enfraquecida pela idade, sua bisavó, mãe de sua avó materna, reunira as forças necessárias para prestigiá-la. Foi a última vez que a viu com saúde. Seu avô, pai de sua mãe, estava, como sempre, robusto e sorridente. Presenteara-lhe com o colarzinho folheado a ouro que agora enfeitava seu pescoço. Ana acariciou a joia com os dedos.

Seu sapato de salto bege foi um presente especial de sua mãe, prêmio por ter passado de ano com nota máxima em quase todas as matérias. Quase! "Educação Física nunca foi meu forte", sorriu Ana. Na cabeça, havia uma flor pequena, feita de pano, que, além de prender seus cabelos, a deixava ainda mais bonita. Foi um presente de seu pai. Ele a comprara em um camelô ao longo de uma bela alameda feita de pedras iluminadas pelo sol. Naquele dia, seu pai disse que queria andar até alcançar a linha do horizonte. Por isso andaram, andaram muito. Terminaram a viagem alguns quilômetros depois, embaixo de uma amoreira, exaustos.

Ana riu e emocionou-se. Por um minuto, sentiu enorme orgulho. Estava vestida, da cabeça aos pés, com algo muito maior do que assessórios, calçados e roupas. Ana estava vestida com memórias.

CAP 12

De repente, o sedã preto de luxo abandonou a estrada principal que havia tomado e entrou numa estrada secundária de chão batido. Balançou vertiginosamente. Ana colocou as mãos no teto e passou a temer por sua segurança. Imediatamente, lembrou-se do episódio do sequestro descrito por sua mãe no livro *Céu de um verão proibido*.

"Meu Deus, será que estou sendo sequestrada?", indagou-se. Mas logo se deu conta de que todos aqueles questionamentos eram infrutíferos.

O carro finalmente parou em uma região rural nos arredores da cidade. Diante de Ana estava um enorme galpão. De dentro, saiu um homem branco, alto, com os cabelos escuros, compridos e presos em um coque compacto. Os traços masculinizados de sua silhueta contrastavam com a fineza de seu vestido vermelho, com o cachecol prata, com o batom que destacava seus lábios e com o salto fino de quinze centímetros.

– Quem é ele? – Ana indagou a Carmelo.

– É o Amis. Sempre nos salva na hora agá! – disse Carmelo, saindo do veículo. – Oi, Amis.

– Oi, querido – respondeu Amis.

– Essa é a Ana. Precisamos "fazer ela".

"Fazer ela?", indagou-se Ana. Além do erro gramatical, a frase parecia um tanto quanto inapropriada.

– Deixa comigo – disse o travesti, aproximando-se de Ana. – Não vai ser difícil. Veja só que rosto lindo, que cabelos maravilhosos! Esses cabelos nunca viram tintura! Mas, antes de mais nada, prazer! Amis de Chevaux.

– Prazer – respondeu Ana. – Seu nome é muito bonito. Amis de Chevaux significa "amigo do cavalo" em francês.

– Isso mesmo – O travesti sorriu. – Ganhei esse nome de um feiticeiro numa tribo da Guiné.

Ana simpatizou com Amis, e, apesar do nervosismo que sentia, conseguiu até sorrir.

– Por que você se veste de mulher? – indagou a menina, enquanto seus cabelos eram esfumaçados em um aparelho portátil de cerâmica.

– Que pergunta, ora! – protestou Amis. – Qual é o problema? Alguém tem que ter motivos para se vestir como mulher? Se isso não é preconceito, não sei mais qual é o significado dessa palavra.

Ana riu. De fato, ela se achava muito preconceituosa.

– Desculpe, Amis.

– Não precisa se desculpar, anjo. Gosto dessa liberdade, pois não há coisa mais maravilhosa do que se produzir, se perder entre tantas alternativas. Eu ganhava muito dinheiro com as divas, mas, paradoxalmente, tinha que usar trajes masculinos sem graça. Sempre a mesma coisa: calça, sapato de homem, camisa social e gravata. Preferi me colorir, me descortinar, imprimir em mim aquilo que eu queria vender para as minhas clientes. E deu certo. Olha aonde cheguei! Estou vestindo a namorada do cantor Gael Mattos. Não conheço um só consultor de moda que não queria estar no meu lugar.

"Namorada?", indagou-se a jovem, ligeiramente irritada com o alto grau de satisfação que aquela palavra lhe causava.

Amis continuava seu discurso, sem dar chance ao sossego:

– Estou arrumando você para um desfile de moda. Você está prestes a entrar na arena dos leões. Se prepare!

Ana respirou fundo. "E pensar que eu só queria ir ao cinema", refletiu, atormentada.

Carmelo parecia tenso. Sugava um cigarro com aflição, olhava o celular a todo instante e gritava:

– Como é, Amis? Falta muito? O avião está chegando.

O consultor de moda dava as últimas pinceladas nos olhos de Ana. A menina agarrava-se com força ao braço da cadeira.

– Nervosa? – indagou Amis.

– Um pouco.

– Ele que devia estar. As mulheres humanizam os homens, minha cara. Não é à toa que morremos de medo de vocês. O mundo é pequeno para meninos e meninas. Aquele avião, então, nem se fala.

– É muito pequeno?

– Do tamanho de uma almôndega. Mas não se preocupe, anjo. Estarei lá com você. Nada poderá estragar essa noite mágica.

"Noite mágica", sorriu Ana. "Pensei que mágica não existisse, apenas truques".

Amis retirou de um embrulho um vestido de renda branco cheio de pequenas contas brilhantes.

– Gosta? – indagou, segurando o vestido na altura do peito.

– Nossa, é lindo!

– É de segunda mão. – Franziu o nariz. – Foi usado uma vez. Mas, pelo menos, é único. Compramos na Chanel.

– Na Chanel? – surpreendeu-se a moça.

Ana não relutou em deixar de lado os sapatinhos beges que sua mãe lhe dera de presente. Em seu lugar, recebeu um *scarpin* azul com salto médio. Olhou-se no espelho. Sentia-se segura, esguia, ricamente ilustrada, como num retrato feito em estúdio.

– Você está maravilhosa – elogiou o travesti.

– Obrigada.

Ana nunca tinha usado um vestido com decotes tão ousados. A barra da saia possuía uma abertura generosa que deixava suas pernas à mostra. Suas costas estavam nuas. No busto, um aperto que ressaltava seus atributos físicos de modo espetacular. Fora isso, o vestido parecia feito sob medida: as costuras marcavam seu corpo nos locais certos; a cor e o caimento davam singularidade aos seus passos.

– Falta agora o toque final – disse Amis, abrindo o cadeado de uma maleta dupla. – Pode escolher qualquer item.

Ana debruçou-se sobre a maleta e seus olhos brilharam como ferro em pleno malho. A caixa de metal possuía colares de pérolas, brincos com diamantes, gargantilhas de prata e pulseiras feitas com ouro branco.

– Meu Deus!

– É tudo emprestado. Não se empolgue, não.

Amis ajudou Ana a retirar do pescoço o colar folheado a ouro que seu avô lhe dera de aniversário. Em seu lugar, Ana escolheu uma gargantilha de diamantes.

– Ótima escolha – aplaudiu Amis. – Combina com seu estilo.

Alguns segundos mais tarde, os dois escutaram o inconfundível som de turbina de avião.

– Ele chegou – disse Amis.

Ana olhou-se no espelho. Surpreendeu-se. Nunca estivera tão bonita na vida. Parecia mais alta, mais madura, mais confiante e mais importante. Não se parecia mais com aquela menina de 15 anos que, há menos de uma hora, pedia permissão ao pai para sair de casa.

– Meu Deus. Você está incrível – elogiou Amis. – Agora me dá!

Ana ficou confusa.

– O quê?

– Anda, me dá!

– O quê? O quê?

– Você sabe bem.

"Ai, meu Deus, esse doido tá achando que eu furtei alguma coisa". Mas isso era estupidez, nem bolso o vestido tinha.

– Não estou entendendo, Amis – disse Ana, pronta para se defender de qualquer acusação injusta.

Amis passou a mão sobre o braço de Ana, onde permanecia intocada a pulseirinha feita de borracha, presente simbólico de seu amigo Folo.

– Você não vai passar no tapete vermelho com uma borrachinha no pulso. Não vai MESMO! Anda, me dá!

Ana passou a mão na pulseirinha improvisada e sentiu uma dor no peito.

– Mas... não posso retirar isso do braço. É presente de um amigo. Tem um significado importante para mim e para ele. Representa nossa amizade.

– Desculpe, *lady* Ana. Ossos do ofício.

Ana pegou um bracelete de ouro branco na maleta prateada de Amis e colocou por cima da borrachinha.

– Pronto. Assim, disfarçamos bem.

Amis colocou a mão no peito, resignado.

– Ai, espero que essa porcaria não apareça nas fotos!

Ana ficou paralisada por alguns segundos.

– Fotos?

– Claro, minha dama, o que você acha que vai fazer lá no tapete vermelho da *avant-première*? Tirar muitas fotos, é claro! Vai ser ótimo! A imprensa toda vai estar lá. Não vejo a hora!

"Estou ferrada!", pensou Ana. "Minha mãe lê jornais todos os dias. Como vou explicar essa viagem a São Paulo?"

Carmelo parecia estar com menos cabelos quando entrou no avião. Estava estressado, cheio de mandos e desmandos. Para seu desespero, foi obrigado pelo piloto a desligar o aparelho celular.

Amis subiu as escadas do avião com agilidade, apesar do salto alto. Na entrada do veículo, avistou Gael. De dentro da aeronave, Ana escutou o consultor de moda dizer:

– Está gato demais!

– Obrigado. E Ana? – indagou Gael.

– Que Ana? – perguntou o consultor com um tom peralta na voz.

Antes que Gael pudesse ficar chateado com a possibilidade de sua ausência, Ana adentrou o avião. Gael ficou assombrado com sua beleza. Ana estava sofisticada e sedutora; parecia um pouco mais velha, mas mantinha sua leveza característica. O vestido branco reluzente marcava com perfeição os limites curvilíneos de seu corpo, e as belezas de seu rosto estavam realçadas pela moldura dos cachos vermelhos e pela suavidade da maquiagem.

– Você está maravilhosa, Ana! – elogiou o rapaz, mergulhado numa piscina de ternura.

O menino vestia uma camisa branca básica e calças jeans com rasgos decorativos. Sua pele estava com cor de bronze, e seu nariz, avermelhado pelo sol. Seus cabelos estavam ainda mais louros e seus olhos tinham uma gota verdejante de puro charme.

– Obrigada – respondeu Ana. – Você está bonito como sempre.

Gael sorriu e abriu espaço para que Ana sentasse ao seu lado na aeronave. O menino, com muita gentileza, a saudou com um beijo no rosto. Gael tinha um aroma cítrico que a fascinava e seu hálito era quente e agradável.

Da cabine de comando do avião, Jeremias deu instruções para a torre:

– Alfa-Zero taxiando na pista, câmbio.

– Entendido, Alfa-Zero. Concedida a decolagem, câmbio – respondeu o controlador de tráfego aéreo.

– Senhoras e senhores, vamos decolar – avisou Jeremias. – Querem decolagem com emoção ou sem emoção?

– Com emoção! – gritaram Gael e Carmelo.

– Não! – protestou Amis. – Com emoção não! Da última vez, vomitei em cima do meu sapato Prada!

– Com emoção! – gritou Gael. – Mete bronca, Jeremias!

O piloto acenou positivamente de dentro da cabine de comando e colocou o avião na cabeceira da pista.

– Saca só isso – disse Gael para sua acompanhante. – Você vai amar. Já foi ao parque de diversões?

– Já – disse Ana, estranhamente empolgada com o que estava por vir.

– Então aproveita!

– Vamos decolar! – anunciou Jeremias.

O avião correu na pista com a força máxima de seus motores. Por último, quando não havia mais espaço, o piloto puxou o manche para si com força exagerada e verticalizou a aeronave em direção ao céu num ângulo quase reto.

Gael levantou os braços e gritou, excitado. Carmelo fez o mesmo. Ana fechou os olhos e gritou, empolgada com a vertigem que sentia. Amis colocou a mão na boca e só não vomitou porque estava obsidiado com a ideia de perder peso e passara o dia sem comer absolutamente nada.

– São Paulo, lá vamos nós! – gritou Gael, empolgado.

CAP 13

— Tá, então, você é rico – disse Ana com certo tom de desdém. – Mas o que você tem de valor, além de um jato e dinheiro na conta bancária?

— O que tenho? – indagou Gael, rindo da espontaneidade de sua companheira. – Sei lá! Dizem que tenho talento, carisma e magnetismo pessoal.

"Tem olhos lindos", pensou a jovem.

— Desculpa por não ter ido pessoalmente à sua casa. Carmelo me disse que você ficou um pouco assustada.

— Ficou completamente louca – completou Carmelo duas poltronas atrás.

Gael riu. Ana mostrou seus dentes perfeitamente alinhados e franziu o nariz em sinal de deboche.

— O que você faria se um cara aparecesse na sua casa e te convidasse para pegar um avião? – indagou a jovem.

— Eu toparia na hora – respondeu Gael. – Eu sou esse cara! Carmelo vive me dizendo: "acorda, temos que pegar o avião".

— Então este avião é de fato a sua casa? – indagou Ana, correndo os olhos pela aeronave.

Gael respirou profundamente, dando a entender que o assunto era um pouco mais sério do que parecia.

— Pode-se dizer que sim. Atualmente, não tenho casa. Não lhe parece uma injustiça? Cinquenta milhões de reais na conta, mas não tenho o direito de comprar algo em meu nome.

— Parece MUITO injusto – disse Ana, entretida com um canudo em formato de óculos. Quando ela sugava a ponta do canudo, o líquido corria em volta dos seus olhos.

— Atualmente, estou hospedado no Hotel Resort. Nem amarrado eu moraria com meu pai! Ele bloqueou meus bens na Justiça. A gravadora tem sido generosa e está pagando minhas despesas.

— E sua mãe?

Gael sentiu a voz embargar.

— Ela... desapareceu de novo.

Ana parou de sugar o líquido pelo canudo e, sem saber o que dizer, preferiu ficar em silêncio.

— Mas hoje a noite será de alegrias – disse Gael, tentando se animar.

— Não, não, espere! – pediu Ana, tirando os óculos malucos do rosto. – Conte um pouco mais sobre sua mãe.

Carmelo revirou os olhos, entediado.

– E lá vamos nós mais uma vez...

Gael se sentiu envergonhado.

– Ela... ela se droga. Ela e o namorado, sei lá com quem está agora... Só sei que estão querendo se matar. Da última vez que ouvi falar dela, estava internada, havia tido uma overdose. Todo o dinheiro que gastei com seu tratamento foi em vão e não sei mais o que fazer para ajudar.

Ana suspirou pesadamente. Gael continuou seu relato:

– Minha mãe começou a se drogar na nossa idade. Teve várias passagens pela polícia e foi internada várias vezes. Quando conheceu meu pai, se tornou uma mulher equilibrada. Deixou as drogas e se tornou uma ótima esposa e mãe. Minha infância foi maravilhosa. Mas ela teve uma recaída. Um dia, meu pai a viu fumar maconha com as amigas. O casamento já não ia bem e os dois tiveram uma discussão. Meu pai já era diretor daquela escola onde estudamos e tinha que dar bons exemplos. Não queria uma esposa que fumasse. Os dois acabaram se separando. Meu pai passou a trabalhar feito louco e esqueceu de nós. Minha mãe e eu nos mudamos para São Paulo. Em nosso bairro, havia muitos traficantes. Ela passou a fumar e beber cada vez mais. Um dia, a encontrei desmaiada no banheiro de casa. No hospital, descobrimos o motivo. Ela tinha usado cocaína em uma festa. De lá para cá, a coisa só piorou. De festa em festa, de bar em bar, minha mãe passou a

se drogar com seus amigos e chegou a se prostituir para comprar droga. Agora, passou a namorar viciados ricos que compram cocaína para ela.

– Sei como se sente – disse Ana com sinceridade. – Minha família sofreu muito com um parente em condição parecida.

– Quando comecei a ganhar dinheiro, minha mãe passou a me extorquir. Me recusei a sustentar seu vício e ela me expulsou de casa. Agora, não tenho pai nem mãe. Não tenho lar, apenas o Carmelo, que me explora e que ganha rios de dinheiro com minha música.

– Ei! – protestou Carmelo. – Escutei isso!

– Claro que escutou – Gael sorriu. – Ele sempre escuta. No final das contas, tenho que agradecer a Deus por ter essa sanguessuga grudada na minha jugular.

Ana passou a mão nos cabelos louros de Gael. Estava atraída por ele. Além disso, sentia admiração misturada com certa dose de compaixão.

Gael olhou para Ana com a mesma intensidade. Havia entre eles uma corrente de energia. Os dois se inclinaram e os lábios da menina pousaram com segurança sobre os lábios do cantor.

Era o primeiro beijo de Ana.

A menina podia sentir um arrepio percorrer toda a sua espinha dorsal. Seus cabelos estavam energizados, e seus braços, arrepiados. Gael tinha um beijo delicioso, calmo e seguro. Seu cheiro a intoxicava e fazia seu coração bater acelerado. "Saberei viver sem isso a partir de agora?", indagava-se, perdida entre os braços do menino louro.

Era paradoxal. Depois de tanto falar sobre vícios, Ana se sentia presa àquela sensação. Beijar Gael representava a revolução de uma vida, o calendário dividido em dois. Os dois, adoecidos, pareciam se consolar mutuamente por terem vivido tantos anos afastados um do outro. E tudo isso a dez mil pés de altura.

"É um encontro de almas", refletiu Ana.

O avião pousou no aeroporto de Congonhas às 18h27min. Uma limusine blindada já aguardava a comitiva de Gael Mattos no galpão onde o avião ficaria estacionado. Amis aproximou-se do jovem casal e estendeu uma camisa preta para Gael.

– Esta é mais interessante para o evento.

O cantor levantou-se e tirou a camisa branca. Ana tentou não olhar, mas não conseguiu. Gael tinha o peitoral desenvolvido e o abdome definido. Sentiu-se péssima. Sempre criticara a histeria de suas colegas de classe diante das impressões superficiais – um corpo, um músculo, um olho verde. Agora pagava por sua língua. Estava absolutamente envolvida e, HIC, com soluços.

– Hic! Hic!

– Tudo bem com você? – indagou o rapaz, sorrindo.

– Não... hic! Quer dizer, sim, hic, é que eu bebi muito refrige... hic! E o estômago! Hic, gastrite, hic!

Gael colocou a camisa preta e ficou ainda mais bonito. Amis sabia das coisas. Por último, vestiu um blazer feito sob medida que parecia cromado. Ana nunca tinha visto uma peça daquele tipo.

– Cuida bem dele. É um Armani, última moda em Paris. Se ficar bonito nas fotos, a empresa vai chamar você para uma campanha publicitária – anunciou Amis.

– Deixa comigo!

Amis usou um borrifador para passar um líquido no cabelo de Gael.

– E bagunça esse cabelo, pelo amor de Deus.

Gael passou as mãos nos cabelos, tornando-se, nas palavras de Amis, "irresistível".

– Está pronto, moço. Vamos!

O grupo desceu da aeronave e embarcou na limusine.

– Ainda bem que o cinema é próximo daqui – disse Carmelo, ainda fissurado na telinha do celular.

– Afinal de contas, que filme é esse que vamos assistir? – inquiriu Ana, para logo em seguida repreender-se: "a noite está tão maravilhosa. Será que o nome do filme realmente importa?"

Gael retirou o *press release* do filme de dentro de um pacote. Nele, havia um livro azul e laranja. Mesmo no escurinho do carro, Ana conseguiu identificar o desenho de uma menina com um guarda-sol na capa do livro.

– É um filme baseado nesta obra. Eles usaram minhas músicas como trilha sonora. É a história de uma menina que se apaixona por um garoto bonito chamado Marcelo e despreza um rapazote boboca chamado João Miguel.

Ana sentiu uma pontada no peito. De repente, percebeu que conhecia o enredo daquele livro. Imediatamente, lembrou-se do sábado anterior, quando sua mãe falava ao telefone:

"*Vou poder assistir à* avant-première."

"*É lógico que estou feliz com o sucesso do livro. Sempre quis que se transformasse em filme.*"

Gael continuava a descrever o livro:

– A personagem principal começa a receber ligações ameaçadoras e desconfia de seu melhor amigo, Filippo.

– Ai, meu Deus! – exclamou Ana, pegando o livro da mão de Gael.

– Ei, o que foi? – assustou-se o rapaz.

"Importa, pelo visto o nome do filme importa muito", pensou Ana ao ler o título daquele livro inconfundível: *Céu de um verão proibido*.

– Não, não! – exclamou a moça, com a mão na testa.

Amis e Carmelo assustaram-se com o estado de perturbação de Ana e quiseram saber o motivo de tanta balbúrdia.

– Esse livro não! – A menina esperneava. – Vamos dar meia-volta?

– Tá maluca? – indagou Gael. – Por quê?

"Porque minha mãe vai estar lá", pensou Ana, em desespero. "Porque o rapazote boboca da história é meu pai. Porque nunca transgredi nenhuma regra e agora serei pega em flagrante a centenas de milhas de minha casa".

– Eu... eu tenho uma ligação com esse livro – respondeu a moça, sem pensar. – Digamos que é quase membro da minha família.

– Ah, entendi. – Carmelo relaxou. – É fã do livro, né? Não me surpreende. Milhares de adolescentes adoram essa obra e estão preocupados com a adaptação cinematográfica. Mas posso garantir que o filme é fiel ao livro.

"Não diga", debochou Ana em pensamento.

– Você vai gostar muito da adaptação – insistiu Carmelo. – As canções do Gael se encaixaram muito bem na história. Você acredita que a autora do livro queria colocar canções do Guns N' Roses?! Ainda bem que os produtores a convenceram a mudar de ideia. Teria sido um fracasso. Pensa bem... quem é que ainda escuta Guns N' Roses?

"Eu", pensou Ana, magoada. Novamente lembrou-se de sua mãe ao telefone:

"Ah, não, eu odiei a trilha sonora escolhida para o filme. Eu queria Guns N' Roses. Os produtores acharam batido."

Pronto! Estava montado o banquete da discórdia. Ana apavorou-se. Não só viajara milhas na companhia de estranhos como também ousara beijar o compositor das canções que sua mãe odiava.

– Eu joguei pedra na cruz! – exclamou a moça.
– O que disse? – indagou Gael.
– Nada. Nada, não – disfarçou Ana, abraçando o livro. – Estou nervosa. Esta obra é muito importante para mim.

Ana ficou calada por alguns instantes como se rezasse. Gael colocou a mão sobre a sua e isso lhe proporcionou uma falsa sensação de segurança. Ana tinha motivos para estar preocupada. A possibilidade de ouvir um sermão de sua mãe na frente de todo mundo era imensa.

– Fique tranquila – disse Gael. – Você vai gostar do filme.

A limusine entrou em uma avenida interditada para os outros carros e avançou sobre um espaço limitado por cones e fitas de contenção. Vinte homens vestidos de preto se aproximaram do veículo e abriram as portas. Um mar de *flashes* cegou Ana por alguns segundos. Vozes, gritos e histeria. Gael saiu primeiro do carro e ergueu a mão para cumprimentar os fãs que se espremiam em uma ala reservada ao público. Ana ameaçou sair do carro, mas foi contida por Amis.

– Espera o sinal dele, anjo.

De dentro do carro, Ana escutava os repórteres tecendo comentários para inúmeras emissoras de TV e rádio. Um deles, muito próximo do veículo, dizia:

– Temos informações sobre a acompanhante de Gael Mattos, uma colega de classe, uma adolescente comum que certamente contará essa história para os netos um dia.

De repente, Ana viu a mão de Gael pender para dentro do veículo.

– Agora sim, meu amor, vai lá! – orientou Amis.

– E vocês? – indagou Ana para Carmelo e Amis.

– Vamos sair daqui a pouco. Por ora, a noite é de vocês – explicou o consultor de moda.

Ana deu a mão para Gael. Ao sair do carro, sentiu o mar de *flashes* se enfurecer. Os repórteres tentaram se aproximar da área proibida e foram advertidos pelos seguranças. Os fotógrafos lutavam para melhor se posicionarem, as fãs gritavam, histéricas, palavras de ofensa à jovem acompanhante do cantor, enquanto os produtores do filme incentivavam o casal a entrar no cinema.

– Sorria – sugeriu Gael.

– Como? – indagou a menina, totalmente perdida.

– Você precisa sorrir para as fotos. Não quer sair nas revistas com cara de susto, quer?

– Certo, certo!

Os fotógrafos incentivaram Ana a sorrir e a moça atendeu aos pedidos. Recebeu uma salva de palmas do público masculino presente no local.

Ao passarem pelo cordão de isolamento, um milhão de perguntas:

– Gael, Gael, quem é a moça que está com você? – indagou uma repórter de uma emissora de rádio.

– É a Ana, minha colega de classe.

– Oi, Ana, como se sente por estar aqui?

Agora Ana tinha um minigravador na sua cara.

– É estranho – disse a menina, com honestidade. – Mas tá valendo.

– Vocês são namorados? – indagou a repórter.

– Não – esclareceu Ana. – Viemos para curtir um bom filme.

A repórter agradeceu a entrevista e tirou o gravador da cara dos dois. Gael estava impressionado.

– Você se saiu muito bem! Que incrível! Nunca vi ninguém ser tão honesta com repórteres.

– Desculpe, tentarei ser mais simpática – disse Ana.

– Não, não faça isso se não quiser. Seja você mesma.

Ana deu de ombros.

– Tá bom!

Mais um microfone na cara de Gael. Dessa vez, de uma emissora de TV.

– Gael, nos conte o que está vestindo – pediu a repórter.

– Um Armani feito sob medida. Presente de Amis, meu consultor de moda.

– Vai estrelar novo comercial para a marca?

– Acho que eles não têm dinheiro para me contratar – zombou o jovem.

A repórter riu da tirada do cantor.

– Nos fale de sua acompanhante! – solicitou a repórter.

– É a Ana. Estuda comigo.

– Oi, Ana, você tem ajudado Gael a se adaptar melhor na escola nova? – indagou a repórter.

Ana percebeu certo tom de maldade na pergunta e respondeu:

– Não, mas tenho ajudado a escola a se adaptar a ele.

A repórter deu uma gargalhada.

– Que divertido! – disse a mulher. – Vocês são um casal muito engraçado.

Ana mantinha um sorriso falso no rosto. Rebateu o elogio forçado com uma crítica:

– Engraçado é entrar no cinema e não ouvir uma única pergunta da imprensa sobre a trilha sonora do Gael.

A repórter balançou a cabeça, aprovando o protesto de Ana.

– Você se sente bem em participar desse circo? – indagou a jornalista.

– Sinceramente, não – respondeu a moça. – Me sinto bem em casa. Mas Gael tem sido bonzinho e sem dúvida merece minha companhia.

A repórter agradeceu e deixou os dois passarem. De longe, escutaram a repórter dizer para a câmera:

– Gael Mattos, como sempre, lindo, e agora ao lado de uma menina igualmente bonita, vibrante e, pelo visto, muito inteligente e espontânea!

– É incrível! – exclamou Gael. – Você consegue ser amada por eles, mesmo falando a verdade. Você tem que me ensinar a fazer isso!

– Verdade ou consequência?

Astolfo estava em outra dimensão e não escutara a pergunta.

– Verdade ou consequência? – perguntou de novo Bia.

– Ann?

Folo e seus colegas de escola estavam sentados em roda no chão de uma sala escura e esfumaçada. O aparelho de som tocava Pearl Jam e no meio da roda havia uma garrafa vazia que tinha sido recentemente girada.

– Astolfo, presta atenção! – protestou a moça.

"Ele só pensa na ruiva", refletiu Morgana, sentada no sofá atrás do menino.

– Desculpe, desculpe – disse o rapaz, despertando.

– Verdade ou consequência?

– Verdade – respondeu o menino, sem demonstrar muito interesse na brincadeira.

Ao responder "Verdade", Astolfo dava permissão para Bia lhe fazer uma pergunta íntima.

– Você e Ana já ficaram alguma vez?
– Não.
"Bem que ele queria", pensou Morgana, levantando a sobrancelha.
– Pago para ver! – disse Bia.
Todos na roda reclamaram da insistência da moça.
– O que foi? O que foi? – indagou a menina. – Tenho certeza de que ele está mentindo.

Regras novas. As respostas deveriam ser julgadas por todos os participantes do jogo caso houvesse alguma suspeita sobre sua veracidade. Se a banca considerasse a resposta falsa, o mentiroso teria que pagar uma prenda.

– Julgo verdadeiro – disse Morgana.
– Você não está jogando – protestou Bia.
– Cara, duvido muito que seja verdade – disse Rafael. – Vocês vivem grudados o tempo todo.
– Também duvido – apoiou Lucélia. – Várias vezes vi vocês de mãos dadas, abraçados e cheios de intimidade.

Astolfo bem que tentou, mas não conseguiu segurar o suspiro. Aquilo era uma terrível forma de tortura.

"Coitado", pensou Morgana. "Estão acabando com ele."

– Nunca fiquei com ela, tá bem?! – exclamou Astolfo, exausto. Jamais deveria ter topado o convite de Bia para a tal "reuniãozinha" em sua casa.

– Desculpe, Folo, mas o grupo é soberano – disse Bia. – Qual será sua prenda agora?

Astolfo olhou entristecido para Bia. "Só Naju pode me chamar de Folo", pensou, amargurado, enquanto acariciava a pulseirinha de borracha presa ao braço. "Ela me deu esse apelido quando éramos bebês. Eu a amo, como a amo! É impossível suportar."

A despeito do sofrimento de Folo, todos os participantes estavam resolutos de sua decisão.

– Folo vai ter que beijar a Bia – sentenciou Lucélia, ao perceber que esse era o objetivo de sua colega.

Morgana revirou os olhos, entediada. Astolfo era o queridinho das meninas do grupo. Seus cabelos pretos e brilhantes estavam compridos e desconectados. Sua pele era bronzeada. Seu jeito de se vestir era totalmente desligado. Estava de calça comprida e com uma camiseta regata que exibia o físico de quem vive para praticar esportes ao sol.

– Tá bom, eu posso beijar a Bia – disse Folo, alquebrado.

Os olhos de Bia brilharam. Havia organizado a festinha apenas para ter a chance de ficar com Folo. Até aquele momento, porém, não havia recebido um único sinal verde do menino.

"Ai, meu Deus", Morgana fechou os olhos. Astolfo engatinhou até o centro da roda e encontrou Bia. Com pouca química, mas com muita vontade, os dois se entregaram aos beijos como se o mundo fosse acabar no dia seguinte.

– Uou, chega, chega! – protestou Rafael, aos risos.

Folo levantou-se e puxou Bia pela mão.

– Vamos tomar um ar fresco.

– Tomar ar fresco... sei! – Lucélia sorriu.

E os dois caminharam para a varanda, onde poderiam ficar a sós. Na caminhada até lá, Bia escorou sua cabeça no ombro de Astolfo.

"Essa Bia me paga", mais uma vez Morgana disse em pensamento.

A casa de Bia tinha ares de locação de estúdio de TV. Era afastada do centro, possuía muita vegetação e uma calmaria sem igual. Com acabamentos em madeira e telhas de cor chocolate, passava uma sensação de conforto e bem-estar.

Na varanda, estava frio. Folo sentou-se em um dos bancos externos do solar. Bia acomodou-se ao seu lado e encostou a cabeça em seu peito. Desde que se mudara para a cidade, pensava em ter com ele um momento como aquele, em que pudesse falar de si, de sua família, de seus sonhos e, quem sabe assim, desvendar o mistério daquele menino tímido, sempre tão gentil, que vivia preso, como um passarinho, à gaiola de uma paixão não correspondida.

– Sempre achei você tão bonito – disse Bia.

– Obrigado.

Os dois voltaram a se beijar. De todas as meninas que Folo conhecia, Bia era a mais parecida com Ana. Tinham a mesma estatura e olhos da mesma cor. Os cabelos de Bia eram louros, mas, quando a luz batia de relance, era possível identificar um tom de cobre parecido com a cor dos cabelos de Naju. Mas o sorriso de

Bia não causava em Folo a mesma sensação. Ana franzia o nariz ao sorrir. Quando estava muito feliz, era capaz de sorrir com os olhos e até com os joelhos. Afinal, quando ria, dobrava os joelhos para dentro e colocava a mão na barriga.

"Ah, Ana", repetia Folo em seus pensamentos, como um bordão, enquanto sua boca investigava os lábios de Bia.

Folo tivera uma ou outra experiência com beijos, principalmente nas férias de verão no interior do estado, mas estava acostumado a ficar com meninas tímidas e recatadas. Aquela situação para ele era nova: Bia não o conhecia direito, mas já se atirava sobre o rapaz como se insinuasse interesses que iam muito além de beijos e abraços.

– Espere, Bia – disse Astolfo, incomodado. – Tenha calma.

De repente, a mãe de Bia apareceu na varanda.

– Oi, filha.

Folo tomou um susto. Achava que os pais de Bia não estivessem em casa. Distanciou-se instintivamente da jovem. Estava pronto para ouvir uma bronca, mas isso não aconteceu.

– Oi, mãe – disse Bia, tranquilamente. – A música está muito alta?

– Não, não – respondeu a mulher. – Só quero saber se está tudo bem com você e com seus amigos.

– Sim, mãe, está.

– Não estão fumando, não é?

– Claro que não, mãe.

Folo estranhou a atitude daquela mãe. O cheiro do cigarro e da bebida consumidos por seus amigos podia ser sentido no outro quarteirão.

– Não quero cigarros nem bebidas aqui, hein – disse a mulher, com o dedo em riste. Sua didática soava falsa e contrastava com um sorriso cativante e condescendente.

Folo fitou a mãe de Bia por uns instantes. A mulher tinha um porte atlético e longos cabelos louros. Usava um robe rosa translúcido sobre o pijama de linho que deixava aparente a silhueta de suas pernas. Parecia a irmã mais velha de sua filha. Estava tranquila e não parecia muito preocupada com aquele flagrante.

– Não vai me apresentar seu amigo? – indagou a mulher.

– É o Folo. Quer dizer, Astolfo.

– Muito prazer – disse a mãe de Bia.

– Prazer – respondeu Folo.

– Vai dormir hoje aqui? – perguntou a mulher.

Bia lançou um olhar convidativo para Folo. O rapaz, por sua vez, estranhou a atitude da mãe da moça e gaguejou:

– Não, eu... preciso acordar cedo amanhã.

– Tudo bem – disse a mãe de Bia. – Mas saiba que é sempre bem-vindo em minha casa.

– Obrigado, senhora.

– Pode me chamar de você.

Folo sorriu, tímido.

– Sim, senhora. Boa noite.

A mãe de Bia voltou para dentro de casa. Folo estava impactado.

– É impressão minha ou sua mãe me convidou para dormir com você?

– Sim. O que é que tem?

– Sei lá. Para mim, isso é novidade. Minha mãe pertence ao extremo oposto. Sua mãe me pareceu um tanto quanto permissiva. Já a minha é uma verdadeira megera.

Bia riu.

– Ela não pode ser assim tão ruim.

– É sim – respondeu o rapaz, cabisbaixo. – É um ser humano desprezível.

Bia jogou os cabelos para o lado e sorriu, satisfeita.

– Ah, eu e minha mãe somos melhores amigas.

Astolfo franziu o cenho. Não sabia dizer o que era pior: uma mãe castradora e possessiva como a dele ou uma mãe exageradamente tolerante e condescendente como a de Bia.

De repente, os dois escutaram um bochicho vindo da sala e correram para ver o que estava acontecendo. O som fora desligado. Lucélia ligara a TV a pedido de Rafael, que recebera uma mensagem no celular intimando-o a sintonizar determinado canal. Um programa de fofocas estava no ar. O apresentador dava as notícias de última hora sobre a misteriosa companheira de Gael Mattos na *avant-première* do filme *Céu de um verão proibido*.

– Ok, ok, ok – dizia o apresentador com rosto plastificado e sorriso falso. – Gael Mattos desfila com uma jovem de sorriso franco e respostas certeiras. Todos se perguntam quem é a menina que parece cativar seu coração.

Na tela, a repórter entrevistava a jovem:

– Você se sente bem em participar desse circo?

– Sinceramente, não. Me sinto bem em casa. Mas Gael tem sido bonzinho e sem dúvida merece minha companhia.

– Cara, é a Ana Júlia! – gritou Lucélia, eufórica.

Morgana imediatamente olhou para Astolfo. Os olhos dele estavam derretidos. Na tela, Naju puxava Gael pelas mãos e sorria. Astolfo sentia que algo se quebrava dentro do seu peito. Uma sensação de inchaço tomou conta de seu coração e o rapaz teve vontade de chorar.

– Como a Naju está linda! – exclamou Lucélia. – Essa menina tirou mesmo a sorte grande.

Bia apertou a mão de Astolfo. Todos ainda comentavam, eufóricos, os últimos acontecimentos. Perdido entre angústia, dor e mágoa, Folo virou-se para sua anfitriã e, com os olhos rasos de tristeza, disse:

– Está certo. Eu fico!

CAP 16

Alexia vivia o melhor momento de sua vida. Possuía um casamento feliz, família unida, dinheiro no banco, uma filha bem cuidada e uma carreira de sucesso. Já não ficava deslumbrada com o *glamour* da vida pública: sabia que esse tiro era de festim, uma ilusão passageira que seduz, mas não conquista. Entre fotografias e autógrafos, tinha clareza de que precisava manter firme o propósito de produzir arte, promover ideias e desenvolver nos adolescentes o interesse pela leitura crítica.

Acostumada à calmaria dos eventos literários, tinha agora uma péssima impressão da imprensa e do público adolescente que prestigiavam a chegada dos artistas no tapete vermelho da *avant-première*. A disputa por centímetros, os sorrisos falsos para as fotos, o deslumbre e os gritos a deixavam tonta e irritada. Da fila da pipoca, observou a movimentação exagerada das pessoas que acompanhavam a chegada de mais uma celebridade no tapete vermelho. Sentia falta dos óculos. De longe, só conseguia ver o espectro de um rapaz louro de cabelos longos. Estava de mãos dadas com uma menina sorridente de cabelos ruivos. Os dois eram jovens e pareciam ser muito ricos.

Olhou o horário no celular. Eram 18h50min. Mais dez minutinhos e o filme começaria a rodar. Que terrível frustração a aguardava?
Minutos mais tarde, alguém a chamou:
– Alexia!
Era o diretor do filme, um cara magro, surpreendentemente jovem, com olheiras profundas e cabelos arrepiados. Estava acompanhado de Gael Mattos.
– Preciso lhe apresentar este rapaz genial.
Alexia respirou fundo. "Lá vamos nós de novo", pensou. Estava traumatizada com a superficialidade dos artistas jovens que compunham o elenco e a equipe de produção do filme. O galã que interpretara o personagem Henrique no filme foi o que mais a incomodou. Afirmara para a autora ser um "péssimo leitor". Às gargalhadas, declarou que entrara certa vez em uma livraria, na época da adolescência, apenas para "bater em um nerd". Quando Alexia perguntou se ele havia lido seu livro, o rapaz não teve vergonha em contar que conseguira a resenha da história na Internet.
Alexia não tinha rancor da juventude ou dos equívocos comumente praticados nessa fase da vida. Considerava-se uma arte-educadora e queria transformar os

jovens através da literatura. Idealizava ajudar seus leitores da mesma forma que Henrique a ajudara na adolescência. Percebia agora que a tarefa não seria fácil. Estava sozinha, entre pessoas sem formação ou ideal que ditavam moda, formavam opiniões e apontavam limites comportamentais que frequentemente conflitavam com valores éticos e morais.

– Este é Gael Mattos, o compositor da trilha sonora do filme – disse o diretor, apontando para o jovem louro de longas madeixas.

Alexia ainda estava com raiva da blasfêmia dos produtores: substituir as canções de Axl Rose pelos miados púberes daquele pobre infeliz.

– Muito prazer – disse Alexia, polidamente. – Você não estava acompanhado de uma menina?

O diretor deu uma risada cínica e disse:

– Este aqui? Está sempre acompanhado de alguma menina.

A risada do diretor era maldosa e causou certo constrangimento em Alexia.

– Ela foi ao banheiro – respondeu Gael.

De fato. Quando soube que seria "apresentada" para sua mãe, Ana Júlia se destacou do cortejo que seguia o cantor e se exilou no banheiro.

– Você gosta dela? – indagou Alexia.

O menino sorriu.

– Sim, ela tem alguma coisa que me atrai.

– Sei bem que coisa é essa! – O diretor riu de forma escandalosa.

– Como é o nome dela? – indagou a escritora, tentando ignorar o diretor.

– É Ana.

– O nome da minha filha. – Alexia sorriu.

– Ela é simples, mas tem pensamentos complexos. É linda, mas sua frieza me assusta. Estou tentando desvendar seus mistérios.

– E vai ser esta noite pelo visto, né? – zombou o diretor. – Cineminha, jantar especial, rolé no jatinho...

Gael deu uma risada tímida.

"Essa menina não deve ter mãe", pensou Alexia. "Imagina se eu deixaria minha filha adolescente sair sozinha à noite com um roqueiro cheio de dinheiro e sem nenhum limite!"

De repente, o celular de Alexia tocou. Era João Miguel. A escritora pediu licença aos dois colegas para atender à ligação do marido.

– Oi, meu amor.

– Oi. Você não ligou para nós – protestou o poeta.

Alexia deu um tapa na testa.

– Sim, você tem razão, me desculpe. É que me envolvi com esse evento.

– Como sempre, não é mesmo? Está se esquecendo de sua família.

No fundo, Alexia sabia que o marido tinha razão.

– Desculpe, amor. Vou compensar vocês. Deixa o filme estrear e aí...

– ... aí você entrará em outro projeto, viajará pelo país e nos deixará aqui com saudades.

Alexia sorriu.

– Também estou com saudades de vocês.

– Ana Júlia tem um namorado – revelou o homem, de supetão.

Alexia sentiu um bloqueio na garganta, o que não a impediu de gritar:

– Como assim?!

– Um namorado, ora – disse João.

– É o Astolfo? – indagou Alexia.

– Acho que não. Ela fez referência a "um colega de sala".

"Coitado", pensou Alexia. Percebera, meses atrás, o interesse do rapaz por sua filha. Considerava Folo um bom partido. Afinal, era filho único de Marciana, sua grande amiga de infância. Era bonito, educado e agradável. "Não seria uma má ideia", sonhou.

– Ela ainda não contou nada sobre esse menino – continuou João. – Só sei que veio aqui pegá-la para ir ao cinema.

– Cinema? A essa hora? E você deixou?

– Claro que deixei, ora. O cinema é aqui ao lado.

Alexia ficou preocupada. Sabia que podia confiar em Ana, mas não tinha motivos para confiar nos meninos.

– Que horas ela volta? – indagou a mãe, ansiosa.

– Às onze. Não se preocupe. Como é que está a *avant-première*?

Alexia suspirou forte.

– Horrivelmente badalada. Você ia odiar.

João Miguel riu.

– Eu sei. Por isso, nunca vou a eventos como esse.

– É uma tortura – disse a mulher, com a mão na testa. – Tem uma molecada aqui que acha que é dona do mundo. As pessoas são superficiais, imaturas e deslumbradas. Por que fui me meter nessa enrascada? Meu livro era para ser paradidático! Isso aqui representa tudo que odeio no mundo: mídia, publicidade e ostentação. Estou me sentindo vendida.

– Tenho muito orgulho de você, meu amor – disse João Miguel. – É a única que consegue estar presente nos dois mundos. Acostume-se com isso. Não quer ficar igual a mim, cheio de prêmios, mas com poucos leitores.

– Você que é feliz. Manteve-se fiel a seus propósitos. É um verdadeiro artista.

– Não, meu amor. O mundo é regido por sistemas. Ninguém consegue mudar um sistema sem fazer parte dele. Você está dentro. Conseguiu entrar. Agora faça a sua mágica.

Alexia sorriu, consolada. Era por isso que amava João Miguel. Ele era amoroso e sabia fazê-la se sentir segura de um jeito todo especial.

– Amo você – disse a mulher, apaixonada.

– Eu também te amo.

O público já estava praticamente acomodado no auditório. Alexia percebeu que o evento estava prestes a começar e despediu-se do marido. As luzes se apagaram e um famoso comediante de *stand-up* subiu ao palco.

— Senhoras e senhores, vamos começar nosso evento. Pedimos que desliguem os celulares durante a exibição. É um pedido dos produtores. Se o filme estiver ruim, não vão poder usar a desculpa de que precisam atender a uma ligação para sair do cinema.

O público riu.

— Estou brincando. O filme que os senhores vão assistir é ótimo. Eu ainda não o assisti, mas estou sendo pago para estar aqui, portanto...

Novas risadas. O comediante continuou:

— Não assisti ao filme, mas li o livro. Se a vida da gente fosse dividida em quatro estações, a adolescência seria o verão. Amei *Céu de um verão proibido*, pois, assim como Alexia, sempre fui muito protegido por meus pais na adolescência. Nunca pude namorar ou viajar com meus amigos. Até hoje me sinto um pouco deslocado. Veja só que absurdo, sou o único artista no mundo que nunca teve uma DST.

O público gargalhou novamente. Alexia fechou os olhos, constrangida com aquelas piadas. Ao seu lado, o ator que interpretara o papel de Henrique dava gargalhadas histéricas com a boca cheia de pipocas.

— Antes da exibição, ouviremos a canção-tema do filme. Com vocês, Gael Mattos!

Um foco de luz se acendeu no lado oposto do palco. O cantor apareceu por ali e recebeu aplausos, gritos e assobios. Em sua mão, um microfone. A orquestra entoou os primeiros acordes de *Sonho e Dança* e o rapaz pôs-se a cantar:

– *Hoje, eu canto vivo na esperança que meu Deus me dê na dança um presente, uma paixão que liberte a minha alma...*

O som não era de todo ruim, nem as rimas ou a letra. Gael tinha presença de palco e um jeito peculiar de encantar a multidão. Mas, ainda assim, Alexia sofria por não poder ouvir *Patience* ou *November Rain*, que, de fato, marcaram sua adolescência e sua autobiografia. "Pelo menos é rock", consolou-se Alexia. "Em tempos como estes, tenho que dar graças a Deus por não ter funk ou pagode como trilha sonora do meu filme."

Ana Júlia, por sua vez, sentia o coração bater mais forte. Gael comandava um show de luzes e sons. Seus pés iam e vinham, e seu rosto, transfigurado, exprimia mensagens de angústia e vulnerabilidade:

– *Corro em fuga contra o nada, me consumo em paz velada; sobre as sombras descortina a manhã feita de fumaça. Breve bruma cicatriza meu amor feito de brisa. Passageiro, amor primeiro, se desfez quando criança. Caminhada na bonança, tempo bom de sonho e dança, valsa lenta que acalenta minha vida sobre a estrada afora. Amanhece e a tristeza não vai embora do meu peito sonhador, que precisa de beleza e encontra a dor da espera e incerteza.*

No final da canção, Gael estava com o rosto lavado de lágrimas. Nos últimos bancos do auditório, Carmelo levantou-se e gritou, emocionado:

– Bravo!

Amis assobiou e gritou:

— É um gênio!

Quando Gael abriu os olhos, estava sendo aplaudido de pé pelos espectadores. O comediante subiu novamente no palco e disse ao microfone:

— Este garoto, além de talentoso, é realmente bonito, não é mesmo?

Os aplausos se intensificaram. O comediante apontou para a plateia.

— Mas as meninas vão ficar de luto a partir de hoje, pois dizem à boca pequena que Gael Mattos tem uma namorada. Onde ela está?

O canhão de luz vasculhou a plateia à procura de Ana Júlia, mas encontrou sua cadeira vazia.

— Ops — disse o comediante. — Acho que ela recebeu uma ligação urgente.

A plateia caiu na gargalhada. Gael riu junto, mas ficou intimamente preocupado. "Será que ela está passando mal?"

O jovem agradeceu ao comediante e desceu as escadas do palco correndo. Foi encontrar Ana Júlia fora do auditório, perto da bancada das pipocas.

— O que houve com você? — indagou o rapaz.

— Desculpe, Gael. Não quero aparecer. Sou tímida, tenho um pouco de fobia de público.

— Entendo, entendo — disse o jovem, confortando-a. — Vou falar para Carmelo deixar você em paz. Foi ideia dele incluir sua participação no show do comediante. Acho que ele gosta de você e quer que as pessoas a conheçam.

Ana parecia confusa.

– Espera um pouco. Carmelo tem controle sobre as falas do humorista?

Gael riu.

– Não só do humorista. Todos nesse filme, o cineasta, os atores, o roteirista, a autora do livro, são agenciados por sua empresa, a Filmar.

– A autora do livro também? – indagou Ana, curiosa.

– Sim. É o que Carmelo chama de "venda casada". Todos os artistas agenciados por ele trabalham em um único projeto patrocinado por empresas inscritas na Lei de Incentivo à Cultura. Dessa forma, o escritório de Carmelo ganha uma verdadeira fortuna com percentual de agenciamento.

– Não diga! – exclamou Ana.

Na mesma hora, a jovem entendeu o motivo dos tais "produtores" não aceitarem Guns N' Roses como trilha sonora do filme.

– Com isso, Carmelo tem o total controle sobre o conteúdo dos projetos.

"E do dinheiro também", refletiu Ana, franzindo o cenho.

– Então seu empresário possui uma espécie de monopólio na indústria cultural? – indagou Ana.

– Pode-se dizer que sim. – Gael sorriu, apesar de não saber muito bem o significado da palavra "monopólio". – Apesar de ser o mandachuva, ele não gosta de aparecer. Grande parte dos artistas agenciados pela Filmar sequer toma conhecimento de sua existência.

– Se é assim, por que Carmelo acompanha você pessoalmente? – indagou a moça.

Gael abriu os braços, empolgado

– Sei lá. Acho que sou um de seus favoritos. Sorte minha, não?

Ana não pôde deixar de sorrir. A alegria de Gael era contagiante. Estar com ele era revigorante. Não havia problemas. Não havia receio ou medo. O mundo de Gael ainda lhe parecia excêntrico e confuso, mas estava disposta a enfrentar o desafio.

– Pipoca? – indagou Gael.

Ana fez que sim. O rapaz pegou um dos pacotinhos de pipoca sob o balcão e puxou a menina para dentro do auditório. O filme estava para começar. Uma vez sentados em seus lugares, protegidos pela escuridão do cinema, passaram a se beijar longamente.

CAP 17

Astolfo estava deitado em sua cama com uma toalha jogada no rosto. Fazia uma semana que não ia à escola, não fazia mais suas obrigações dentro de casa e deixara de ir ao último jogo do campeonato de futebol. Sem ele, era certo que seu time perderia. Mas como lidar com a vergonha? Como lidar com tantas brincadeirinhas e gozações? Astolfo queria sumir do mapa. Nada mais seria como antes, essa era a certeza que ele tinha.

Havia mais uma mensagem de voz em seu celular. Era Bia novamente. Ele tinha raiva e não queria escutar, mas a curiosidade era mais forte.

– Folo... por favor, fala comigo. Desculpe! Eu estou muito arrependida de tudo que fiz. Por favor, me dê mais uma chance. Não sei por que fiz tudo aquilo com você. Atenda minhas ligações. Eu...

O recado era comprido e não coube no serviço de caixa postal. Alguns segundos depois, nova ligação. Novamente, o número de Bia.

– Ela não desiste! – exclamou o rapaz, olhando as horas. Já passava das oito da noite.

Folo deixou a ligação cair novamente na caixa postal. Alguns segundos depois, a continuação do recado em mensagem de voz:

– Nunca fiz isso com ninguém. Gosto muito de você. Não quero que pense mal de mim. Por favor, Folo, vamos conversar!

Folo olhou o histórico de mensagens do celular. Entre tantas chamadas não atendidas, constava uma ligação de Morgana. Folo sentou-se na cama e ligou para a amiga.

– Como é que você está? – indagou a moça ao atender a ligação.

– Naquelas... uma hora passa.

– Estou indo aí.

– Tudo bem.

Vinte minutos depois, Folo abria a porta para Morgana. A jovem usava um vestido preto que combinava com a bolsa de caveira, meias longas e maquiagem pesada no rosto.

– Está indo para algum baile de *halloween*? – indagou Folo.

– E você? Está dando uma festa do pijama?

Folo estava de pijamas desde cedo. Levantou os braços em sinal de rendição e tomou o caminho em direção ao quarto.

– Olá, Morgana, quanto tempo não a vejo! – disse Marciana, mãe de Astolfo, ao atravessar a sala.

– Sim, é verdade. Como vai a senhora?

– Bem, obrigada. Vão para o quarto? Deixem a porta aberta.

Marciana lhes deu as costas e seguiu para a cozinha.

– Sua mãe não gosta de mim. Nunca gostou – resmungou Morgana.

– Ela não gosta de ninguém – disse Folo. – Muito menos de mim.

Ao chegar ao quarto, Morgana retirou de sua bolsa um saquinho com um pó verde-escuro feito de ervas.

– Aqui. Isto vai te animar. Vai dar para a semana toda.

Astolfo olhou com indiferença para o saco.

– Não. Não quero mais. Não tem dado resultado.

– Mas você ainda não conhece o poder desta aqui. Vai gostar, prometo.

Folo sentou-se em sua cama e lamentou:

– O que há de errado comigo, Morgana?

– Nada, nada. Você é bonito, é inteligente, é gentil. Mas precisa entender que Ana Júlia se apaixonou por outro cara.

– Ela é a culpada de tudo! – exclamou o rapaz. – Aquela festa, aquela noite com a Bia... eu não consegui! Parecia que estava morto. Era para ter sido a minha primeira vez. E eu passei aquela vergonha na frente de todo mundo!

– Sim, eu sei. Eu estava lá. Mas a Bia não precisava ter saído do quarto às gargalhadas e contado para todo mundo. Parecia que estava louca.

– Ela foi cruel. Todos riram da minha cara. Me senti muito mal.

– Eu sei, eu sei – disse Morgana, deitando-se na cama ao lado de Folo. – Venha cá. Encoste sua cabeça no meu colo.

O rapaz se deitou no colo da amiga.

– Certas experiências nos fazem amadurecer – disse Morgana. – Somos seres em eterna evolução. Você vai superar isso. Vou estar ao seu lado.

– Promete?

– Prometo.

O céu ainda estava escuro quando Ana Júlia deixou seu quarto. Pensava em escrever um bilhete para a mãe e sair de casa sem ser notada. Ficou frustrada ao deparar-se com Alexia sentada no sofá da sala com o telefone residencial em seu colo.

– Filha? Acordada tão cedo? – espantou-se Alexia. – Nem precisei gritar seu nome!

– Pois é. Estou querendo chegar mais cedo à escola hoje.

– Compromissos? – indagou Alexia, com um leve sorriso.

– Sim – disse a jovem, arrumando os cabelos, como se escolhesse as palavras. – Tenho coisas pra fazer antes da aula.

– Com o Astolfo?

– Não, mãe. Meu mundo não gira em torno do Astolfo!

A resposta soou um tanto desaforada. Até Ana percebeu isso, mas tentou fingir normalidade.

– Não vai tomar café? – indagou a mãe.

– Não estou a fim.

Ana caminhou em direção à porta. Não queria contar que pretendia tomar café da manhã no Hotel Resort com Gael antes de ir para a escola.

– O que está havendo com você hoje? – inquiriu Alexia. – Parece um pouco irritada. Eu lhe fiz algum mal?

Ana parou na porta, bufou e olhou para cima, entediada.

– Não, mãe. Tenho que sair. É só isso.

– Mas já que acordou mais cedo, não quer conversar? Faz tempo que não nos vemos. Nem me perguntou como foi a *avant-première* do filme na semana passada.

Ana se enfureceu:

– Sua maldita carreira é tudo para você! Passou a semana toda fora e deixou papai sozinho. Pensa que ele não sente sua falta? Por que eu deveria perguntar sobre o filme, se você não se deu ao trabalho de me levar a São Paulo com você?

Alexia ficou sem palavras. Tentou se defender:

– Você... você nunca se interessou em ir comigo a esses eventos.

– Mas você também nunca me convidou. No mínimo, deve ter vergonha de mim.

– Isso não é verdade! – protestou a mãe.

– Acha que não tenho idade para lhe acompanhar? – indagou Ana. – Será que você olhou ao redor? Aposto que estava cheio de adolescentes naquele evento!

– Filha – suspirou Alexia –, eu estava lá a trabalho. A editora mandou apenas uma passagem aérea. O que você queria?

Ana arregalou os olhos, incrédula.

– A escritora milionária está com medo de perder alguns centavos? – ironizou Ana. – Fala sério, mãe, estou até com nojo de você agora!

E bateu a porta com raiva.

Alexia ficou boquiaberta olhando para a porta da sala. "Meu Deus! Ela nunca falou assim comigo antes..." Até aquele momento, apesar de contar com quinze primaveras, Ana ainda não havia agido como adolescente. Tinha um quarto cor-de-rosa, um amigo inseparável e conversas agradáveis sobre escola, livros e amigos.

– Será que estou preparada para a tempestade? – Alexia indagou-se.

De repente, Alexia lembrou-se da informação que recebera de seu marido no dia da *avant-première*: "Ana tem um namorado". Seria esse o motivo da mudança de comportamento da filha?

Alexia esperava que Ana revelasse o nome de seu misterioso namorado, mas, até aquele momento, isso não acontecera. Era frustrante.

– É provável que conte primeiro para o pai – concluiu Alexia, triste. – Isso é fruto da minha ausência.

Alexia se ressentia de ser chamada de "mãe" enquanto seu marido era, às vezes, chamado de "papai". Ressentia-se do fato de sua filha ter segredos com João Miguel. Queria participar mais da vida de sua filha e percebia a importância disso.

– Mas como, com tantos compromissos? – indagou a mulher.

De repente, o telefone tocou em seu colo. Alexia já esperava a ligação de um jornalista e atendeu o aparelho com prontidão.

– Alô?

– Olá, Alexia...

A ligação estava ruim, repleta de ruídos.

– Alô... não estou escutando muito bem.

A voz do outro lado era rouca:

– Esqueceu-se de mim? Já faz trinta anos.

– Quem é?

– Li seu livro, meu bem. Muito bem escrito. Mas você errou feio. Você nunca descobriu minha verdadeira identidade.

Alexia bufou, irritada.

– Ei, isso é hora de passar trote? Não tem mais o que fazer?

A voz rouca continuou:

– Oh, meu anjo, você pensa que sabe tudo sobre a vida. Mas não sabe nada. Sua filha, sim, saberá.

– Minha filha? Do que você está falando? Alô!

A linha ficou muda. Alexia agarrou o fone com as duas mãos e se esforçou para não atirar o aparelho no chão.

– Não tem a menor graça! – disse, irritada.

Certamente se tratava de um trote. Uma brincadeira infeliz de algum leitor de *Céu de um verão proibido*.

Ainda assim, seu coração batia acelerado e os pelinhos de seu braço estavam ouriçados.

– É só uma brincadeira de mau gosto – disse, tentando acalmar-se.

De repente, o telefone tocou novamente. Alexia tomou um susto e atendeu o aparelho com rapidez:

– Alô!

– Senhora Alexia, bom dia. Ivan Junqueira, editor de cultura do jornal *Expresso da Manhã*. O pessoal da Filmar me passou seu contato.

Era o repórter. Alexia ainda tremia.

– Só um minutinho, senhor.

Alexia pegou seu celular e imediatamente ligou para a filha. Queria saber se a jovem estava bem. Ana atendeu a ligação com voz irritada:

– Alô?

– Minha filha! – Sua voz saiu mais emocionada do que gostaria. – Escute, tome cuidado na rua. Recebi uma ligação... besteira, trote de algum bobalhão. Mas, por via das dúvidas, tome cuidado enquanto estiver sozinha.

– Tá bom, mãe – respondeu a moça, ainda com mau humor.

Alexia se sentiu aliviada. Desligou o celular e pegou novamente o telefone residencial.

– Desculpe a demora, senhor. Pode fazer a primeira pergunta.

– Como se sentiu ao assistir sua história no cinema?

— Terrificada. Uma sessão de tortura. Afinal, estamos falando de questões íntimas e sentimentos profundos: imaturidade, equívocos, amor, amizade, confiança, comportamentos...

— Você tem raiva de Filippo, o seu melhor amigo na época?

— Não há espaço para ódio no meu coração.

— Você se sente orgulhosa por ter estado tão próxima de dependentes químicos e nunca ter experimentado qualquer droga?

Alexia sorriu. Respondia a essa pergunta praticamente todos os dias nos debates que tinha com leitores em escolas e eventos literários.

— Sim, me orgulho de nunca ter usado drogas voluntariamente. Mas não se esqueça de que fui sequestrada e dopada com drogas pesadas aos doze anos. Isso trouxe consequências terríveis para a minha saúde na época. Durante o tratamento, precisei me desintoxicar e meu corpo sofreu com isso. Tive vômitos, diarreia e dores lancinantes de cabeça. Posso imaginar o sofrimento daqueles que usam entorpecentes todos os dias e que tentam se livrar do vício.

— Você tem centenas de milhares de leitores e é autora de um filme que promete estourar nas bilheterias. Por que nunca mudou seu padrão social?

Alexia começou a se incomodar com as perguntas. Não imaginou que seriam tão íntimas.

— Não tenho esses deslumbres. Meu compromisso é só com minha família e com meus leitores.

Imediatamente, Alexia lembrou-se da acusação de João Miguel:

— *Está se esquecendo de sua família.*

Depois, lembrou-se do que dissera sua filha:

— *Sua maldita carreira é tudo para você!*

— A senhora soube do paradeiro dos adolescentes descritos no seu livro?

— Sim — respondeu a escritora, tentando se concentrar na entrevista. — Henrique se tornou editor e tem uma rede de livrarias. É meu cunhado. João Miguel tornou-se um poeta premiado. É meu marido. Filippo foi expulso da escola e ficou preso em uma instituição para jovens delinquentes. Ouvi dizer que morreu de overdose anos mais tarde. Marciana é minha amiga de infância. Nossos filhos estudam na mesma escola. Marcelo se mudou da cidade com a família em 1995. Carolina abandonou a escola e fugiu de casa. Me contaram que ela continuou usando heroína. Mas eu nunca soube de seu paradeiro.

— Certo — disse o repórter. A entrevista parecia chegar ao fim. — Tenho uma última pergunta, senhora Alexia. E acho que essa é a mais importante de todas.

— Pois não — respondeu a mulher, já cansada.

— Como é que a senhora vê o envolvimento de sua filha com o cantor Gael Mattos?

Um silêncio ocupou espaço na sala de estar.

— Desculpe, não entendi a pergunta – disse Alexia. — Você falou "Gael Mattos"?

– Isso mesmo. Gael e Ana chamaram muita atenção na *avant-première*, mas em nenhum momento vocês três foram fotografados juntos. Existe algum conflito entre você e sua filha por causa desse relacionamento?

Alexia não tinha resposta para uma pergunta tão absurda. Primeiro, pensou que o repórter estivesse confundindo as personalidades do evento. "Não. Ele disse o nome da minha filha", refletiu.

Mas como isso seria possível? Ana Júlia não poderia ter viajado para São Paulo sem seu consentimento. E, dentre todas as impossibilidades, como poderia acreditar na coincidência desta relação: Ana Júlia, uma estudante ingênua e intelectualizada, com Gael Mattos, um cantor superficial fabricado pela indústria cultural?

– A senhora sabe que Gael e Ana estudam na mesma sala, não é?

Não. Ela não sabia. Era frustrante demais.

Alexia estava pronta para rechaçar a insinuação feita pelo repórter quando lembrou-se do momento em que Gael chegara à festa acompanhado de uma jovem de cabelos ruivos. Sem óculos, era impossível ver o rosto da moça, mas Gael confirmara o nome de sua acompanhante: Ana. Depois, fizera uma descrição que chamou a atenção da escritora:

– *Ela é simples, mas tem pensamentos complexos. É linda, mas sua frieza me assusta. Estou tentando desvendar seus mistérios.*

"Meu Deus", horrorizou-se Alexia. Para seu desespero, também conseguia lembrar dos comentários infelizes do diretor do filme:

– E vai ser esta noite, pelo visto, né? Cineminha, jantar especial, rolé no jatinho...

"Não, não, não, não, não", pensou a mulher, em desespero. O repórter já estava cansado de esperar do outro lado da linha.

– Senhora!

– Ah, sim, desculpe – disse a escritora, tentando raciocinar. – Não discuto a vida pessoal da minha família. Não nos fotografaram juntos, mas isso foi obra do acaso.

"Foi?", indagou-se.

– O que acha de Gael Mattos? – insistiu o repórter. – A senhora acha que é má influência para sua filha e para os outros alunos do Colégio Santa Rosa?

Mais uma vez, Alexia respirou fundo. Tentou falar a verdade:

– Ainda não nos conhecemos muito bem. Não tenho opiniões sobre ele. Sei que é um cantor de sucesso e que faz um ótimo trabalho junto a seus fãs.

O repórter deu uma gargalhada sapeca do outro lado da linha.

– A senhora não lê muitos jornais, não é mesmo? – indagou o homem, com certa maldade na voz. – Esse jovem é filho de uma meretriz de luxo viciada em drogas, foi expulso de boates, foi preso várias vezes por dirigir sem carteira, por agressão, falsidade ideológica, atentado ao pudor e danos morais. Foi beneficiado com aprovações compulsórias em uma escola particular de São Paulo, apesar de faltar às aulas por dois anos, responde na Justiça por ter quebrado o camarim de um teatro tombado pelo Instituto do Patrimônio Histórico e Artístico Nacional e está sendo vigiado de perto pela polícia por causa de sua amizade com traficantes. Apesar da lista de delitos, luta na Justiça para emancipar-se de seus pais.

Alexia estava de boca aberta. Não sabia o que dizer ou como reagir. Mais uma vez, resolveu dar a resposta que lhe pareceu mais honesta:

– O senhor tem razão. Não leio matérias criminais, apenas a parte de literatura, cultura e política.

– Nada mais a declarar sobre o assunto?

– Não – respondeu a escritora, ainda atordoada e confusa.

– Obrigado, senhora. A sua entrevista deverá sair amanhã mesmo na capa do caderno B.

"Na capa?", pensou a mulher, após desligar o telefone na cara do repórter. "O namorado da minha filha é Gael Mattos. E isso estará na capa do caderno B? Agora o Brasil todo terá certeza de que sou um fracasso como mãe!"

CAP 19

Vandré chegou à escola às 6h30min. Achou esquisito encontrar o estacionamento da instituição lotado. Dirigiu até o local reservado aos funcionários e encontrou um camburão estacionado em sua vaga.

– Mas que... – xingou. – O que está acontecendo aqui?

Próximo ao portão, havia uma aglomeração.

– Essa não! – exclamou o homem, cansado.

Ao se aproximar da entrada principal da escola, percebeu que se tratava de membros da imprensa. Devia haver pelo menos umas setenta pessoas, entre repórteres, cinegrafistas e fotógrafos.

– Soma-se a isso os fãs de todos os dias e será impossível entrar na escola. – O diretor coçou a cabeça.

Vandré havia recebido uma intimação do Conselho de Pais e Mestres da escola: ou dava jeito na desordem que se formava na entrada e na saída dos alunos, ou pais e professores pediriam aos mantenedores da instituição que expulsassem o cantor Gael Mattos e demitissem o diretor.

– Calhordas! – murmurou Vandré.

O diretor sentia-se péssimo. Era a primeira vez que não conseguia resolver um problema.

De repente, Vandré escutou seu nome. Uma repórter chamara a atenção de toda a imprensa para a chegada do diretor. Não demorou muito, o homem foi cercado.

– Uma entrevista, senhor!

– Diretor Vandré, como se sente com as últimas notícias do seu processo?

– O senhor vai apelar ao Superior Tribunal de Justiça?

– O fracasso do seu processo na Justiça é um indicativo de que a instituição chamada família não existe mais?

Vandré não fazia ideia do que estavam falando. Não demorou muito, seu celular tocou. Era Clarinda.

– Você já soube? Um juiz da Vara de Família acatou o pedido de emancipação de Gael. Agora, só nos resta pedir vistas ao Tribunal Superior. Mas, além de ser um processo caro e demorado, as chances de reverter a decisão são quase nulas.

O diretor tinha dificuldades em ouvir a namorada devido à bagunça dos membros da imprensa.

– Fiquei sabendo agora, pelos repórteres – respondeu Vandré, sem demonstrar qualquer sentimento. – Que horas você chega à escola?

— Já estou aqui.

O diretor desligou o celular e apressou o passo. A imprensa o acompanhou de forma célere. Ao passar pelo portão da instituição, o homem gritou para os repórteres:

— Não ousem colocar os pés neste estabelecimento educacional! Não foram à escola, decerto! Não têm educação!

Os gritos de Vandré foram gravados e transmitidos por todos os canais de televisão do Brasil.

Perto dali, no Hotel Resort, Gael escutou três batidinhas na porta. Havia marcado com Ana no restaurante do hotel e ficou empolgado ao pensar que talvez ela estivesse interessada em visitar seu quarto. Ajeitou o cabelo, checou o hálito e abriu a porta com um sorriso no rosto.

— Veja a notícia — disse Carmelo, com um jornal em uma mão e uma garrafa quase vazia de whisky na outra.

— Isso é frustrante! — exclamou o cantor, tapando o nariz. — Você está cheirando a bebida.

— Estava esperando a ruivinha? — indagou Carmelo.

— Tenha mais respeito. O nome dela é Ana Júlia.

— Ulalá! — debochou o homem. — Vocês vão se encontrar aqui no quarto?

— Não é da sua conta. Mas saiba que não. Ela não é dessas. Não se sente segura para isso. Quer que as coisas aconteçam naturalmente.

Carmelo deu uma risada engasgada e cética.

– Típico! Se eu fosse você, já teria papado essa ninfetinha.

– Mas você não é! Fale logo o que quer, pois Ana e eu marcamos de tomar café antes de irmos à escola.

– Isso não é mais necessário.

– O quê?

Carmelo balançou o jornal.

– Não precisa mais ir à escola. Dê uma olhada. Está estampado aí. Um juiz acatou o pedido de nossos advogados e lhe deu a emancipação. Com isso, o processo de guarda perde a importância. Você é um homem adulto agora. Meus parabéns!

Gael não pôde se conter. Seus olhos estavam esbugalhados, e os braços, arrepiados.

– Meu Deus! Isso é maravilhoso!

– Já protocolamos um pedido no Tribunal para que seus recursos sejam imediatamente liberados. Já era hora! Precisamos de dinheiro!

Carmelo riu um pouco, mas estava bêbado demais para comemorar. De repente, percebeu que Gael estava angustiado.

– O que houve? – indagou o empresário.

– Ana... – disse Gael, com um fiapo de voz. – Não será justo para ela.

Carmelo revirou os olhos, entediado.

– Sua carreira está em jogo. Você sabe bem o que deve fazer.

CAP 20

— Tenho sede!

Ana sentia um gosto amargo na boca. Em seus ouvidos, um zumbido, uma comunicação intermitente.

— Por favor! – implorou.

Com os olhos vendados, era açoitada de vez em quando com gritos histéricos de alguém que lhe dizia:

— Vai morrer!

As risadas se alongavam para além da maldade. O medo lhe acossava como um lobo faminto e lhe devorava aos poucos.

— Por que estão fazendo isso comigo? Por favor, me soltem!

Ainda o zumbido, as vozes intermitentes. Para Ana, era apenas o breu. Uma sensação terrível de total vulnerabilidade. Suas mãos amarradas às costas experimentavam a sensação de formigamento. Seu corpo estava dolorido e fraco. E ela pensava no pior: o que aconteceria se tentassem lhe impor a humilhante condição de escrava? Quais desventuras primitivas não a aguardavam?

Ana tentou gritar de novo, mas não conseguiu. A droga injetada em sua veia fez com que perdesse lentamente a autonomia.

– Então é assim que um drogado se comporta? – indagou alguém com curiosidade.

– Xiu, cuidado! Ela ouve você – bronqueou outra pessoa. – Aconteceu a mesma coisa com a mãe dela.

– Como é que eu ia saber? Eu não estava lá!

– Você não leu o livro que Alexia escreveu?

CAP 21

– Alô?

– Olá, Alexia...

Alexia segurava o telefone residencial com as mãos trêmulas. Seus olhos estavam arregalados, e os pelos do pescoço, arrepiados.

– Quem é você? O que fez com minha filha? – indagou, desesperada.

– Ainda não fizemos nada. Mas faremos.

– O que quer, afinal? – berrou a mulher.

– Vingança. Estivemos tão próximos, mas você não percebeu. Descubra a nossa identidade e reconheça nossa superioridade, ou terá que enterrar sua filha.

A ligação ficou muda. Alexia jogou o aparelho no chão e chorou compulsivamente no colo do marido.

– Minha filhinha! Isso não pode estar acontecendo de novo!

João Miguel olhou o relógio. Passava das três da manhã. Ana Júlia havia saído de casa às 6h do dia anterior e não voltara mais.

– O tal namoradinho da Ana, será que ele não sabe de nada? – indagou João Miguel.

– Não – respondeu a mãe, impaciente. – A polícia já foi ao hotel onde Gael está hospedado. Ao que parece, marcou de tomar um café da manhã com Ana e ela simplesmente não apareceu.

– E Astolfo? – lembrou-se João. – Já ligaram para o menino?

– A esta altura ele já deve estar sabendo do desaparecimento dela. Já avisamos a todos na escola.

– Mas nós precisamos averiguar com todos os amigos da Ana.

João Miguel pegou o telefone no chão e digitou o celular de Astolfo. O telefone tocou várias vezes até o rapaz atender com voz de sono.

– Astolfo, é o João Miguel. Ana desapareceu. Não sabemos de seu paradeiro desde as 6h da manhã de ontem.

Astolfo pareceu irritado.

– Ela deve estar viajando com aquele cara, o tal de Gael Mattos.

– Não. Ela foi sequestrada. Alexia tem recebido ligações do sequestrador. Não sabemos qual é sua identidade e seus motivos. Se souber de alguma informação, por favor, nos comunique.

Astolfo pareceu chocado do outro lado da linha.

– Ela... ela foi mesmo sequestrada? – indagou, atônito.

– Sim, Folo – disse João Miguel. – Você não ficou sabendo na escola?

– Não... eu... não tenho ido à escola ultimamente.

– Preciso ligar para os outros colegas dela. Se tivermos novidades, entraremos em contato.

João desligou o telefone. Alexia andava de um lado para o outro na sala.

– Como pode, como pode? A pessoa que me sequestrou está morta. Você sabe de quem estou falando. Você foi comigo ao enterro dessa pessoa anos atrás. Ana nem era nascida.

– Certamente é outra pessoa que está ligando. Algum louco que se tornou fã do livro e que deseja desesperadamente fazer parte dessa história.

– Sim. Pode ser isso – disse Alexia, exausta. – A não ser que...

Alexia teve uma intuição muito forte. Correu até o escritório e voltou para a sala com uma cópia do livro *Céu de um verão proibido*.

– O que está fazendo? – indagou João Miguel.

– Tem um detalhe que deixei passar despercebido quando escrevi o livro. Algo que só fui perceber anos depois.

– Que detalhe? Você protagonizou essa história. Conhece esse texto como a palma da sua mão.

– Pelo visto, não conheço assim tão bem.

Alexia abriu o livro no capítulo 28.

– "Quantidade exorbitante de poeira" – leu o título. – É aqui que revelo para os leitores o nome do meu misterioso sequestrador.

Alexia leu o capítulo inteiro em voz alta para o marido. Quando chegou ao fim, deram-se conta de que em nenhum momento o sequestrador ou seu comparsa Filippo haviam assumido a culpa pelas ligações ameaçadoras que Alexia recebia antes de ser sequestrada.

A escritora pôs-se a refletir:

– Será que as ligações foram feitas por um terceiro criminoso, alguém de quem jamais desconfiamos?

– Lembro que você desconfiou de todo mundo na época – disse João Miguel. – Até de mim.

Alexia sentiu uma ponta de mágoa na voz do marido. Não imaginava que aquele episódio ocorrido há trinta anos ainda pudesse causar algum tipo de sofrimento em João Miguel.

– Sinto muito, meu amor – disse Alexia, com voz sofrida. – Você tem sido maravilhoso comigo. Não sei o que seria de mim sem você.

João Miguel beijou a mão da esposa e disse:

– Tente se lembrar. De quem mais você desconfiou na época?

Alexia imediatamente se lembrou da menina mais velha que vivia se drogando com seus colegas na porta da escola. Tinha piercing na língua, usava maquiagem pesada, vestia roupas rasgadas e andava com os cabelos arrepiados e emplastrados de gel.

– Carolina!

– Aquela menina *junkie*? – indagou João.

– Sim. Ela mesma. Lembro que os policiais a interrogaram na época.

– Mas não foi essa menina que tentou contar para você o que estava acontecendo?

– Sim.

– Então não pode ser ela.

– Se não foi ela, certamente pode nos ajudar com mais detalhes sobre meu sequestro.

– Sim – concordou João. – Depois do sequestro, Carolina abandonou a escola. Será que não fez isso de propósito?

– Ela pode ter sido ameaçada – refletiu Alexia.

A escritora não sabia o sobrenome da moça, nem se estava viva ou morta. "Viciados em heroína, em geral, têm baixa expectativa de vida", refletiu. Precisava de uma pista sobre o paradeiro de Carolina. Onde iniciar essa pesquisa? Talvez devesse ligar para os hospitais psiquiátricos, para os abrigos públicos e para as clínicas de reabilitação. Mas quanto tempo isso levaria? "Meses!", pensou Alexia. "Enquanto isso, Ana corre perigo de vida."

Perturbada e sem saber o que fazer, Alexia vestiu uma roupa qualquer e saiu de casa sem dar muitas explicações ao marido.

CAP 22

Vandré estava dormindo ao lado de Clarinda quando escutou a campainha de sua casa. Levantou-se num sobressalto, achando que pudesse ser seu filho. Ainda mantinha esperanças de que o rapaz pudesse lhe procurar para fazer as pazes. Ficou surpreso quando abriu a porta e se deparou com uma mulher encharcada por causa da chuva.

– Pois não?

– Senhor Vandré Mattos, lembra-se de mim? Sou Alexia, a mãe da Ana Júlia.

O homem precisou vencer a confusão mental causada pelo sono para se situar.

– Ah, sim. Eu soube do desaparecimento de Ana. Sinto muito. Imagino que meu filho tenha sido o causador dessa situação constrangedora.

Alexia havia esquecido por alguns segundos que Gael era filho do diretor Vandré. Deu uma tremelicada de frio e viu o homem abrir a porta de vidro que a separava do conforto de sua casa.

– Pode entrar. Vou preparar um chá. Quer uma toalha?

– Sim, obrigada.

Depois de se secar, Alexia sentou-se no sofá para bebericar o chá quente. Vandré sentou-se em uma poltrona e indagou:

– No que posso ajudar, minha senhora?

– Ana Júlia não está com Gael. Ele estava no hotel quando Ana desapareceu. Como é suspeito, está sendo monitorado pela polícia, mas tenho a impressão de que ele não tem nada a ver com o caso. Minha filha foi sequestrada por alguém relacionado ao meu passado e está correndo perigo de vida.

Vandré ficou totalmente perturbado com aquela informação. Educado para não demonstrar sentimentos, tentou em vão manter a pose.

– Como sabe que sua filha foi sequestrada?

– Tenho recebido ligações dos sequestradores. Mas não sei de quem se trata nem qual é a motivação.

O homem pareceu surpreso e retirou de uma das prateleiras o livro azul e laranja escrito por Alexia.

– A história está se repetindo?

Alexia colocou a mão na testa para que Vandré não visse suas lágrimas.

– Sim. Minha filha saiu de casa ontem às 6h da manhã. Recebi uma ligação com ameaças e simplesmente a ignorei. Estava ocupada demais para proteger minha filha. Ela nunca pôde contar comigo. Sequer me contou sobre o namoro com Gael. Que tipo de mãe eu sou?

Vandré se apiedou ao ver a mãe de Ana chorando. Ofereceu-lhe um lenço.

– Sei bem como se sente – disse o homem.

A mulher enxugou as lágrimas com o lenço.

– Eu não tive mãe. Talvez por isso conciliar meus deveres maternais e matrimoniais com o trabalho seja tão difícil para mim. Eu não tive um modelo a ser seguido, entende? Sinceramente, não sei como o João me aguentou todos esses anos.

– A vida inteira sofri com as mesmas críticas. Nossos filhos e cônjuges possuem as mesmas reclamações. Não é à toa que Gael e Ana se encontraram.

Vandré fitou Alexia por alguns segundos e disse:

– Imagino que não tenha vindo aqui a esta hora da madrugada para uma conversa sobre família. Acho que possa ajudá-la com algo mais específico.

– Sim – disse Alexia, se recompondo. – Talvez você não saiba, mas eu estudava no Santa Rosa na época que escrevi o livro. Não informei o nome da escola no romance por uma questão de ética.

– Não sabia – disse Vandré, surpreendido.

– Na época, fiz um pacto com Marciana. Se um dia tivéssemos filhos, eles estudariam no Santa Rosa. Missão cumprida.

– Certo. E no que posso ser útil? – indagou o homem.

– Preciso que me fale do paradeiro de uma aluna que estudou no Santa Rosa no mesmo ano que eu. Seu nome é Carolina.

– Carolina? Mas qual é o sobrenome?

– Não sei.

– Minha senhora, milhares de pessoas passaram por aquela escola.

– Sim, é verdade. Mas o senhor é o diretor. Não tem acesso a dados relacionados aos antigos alunos?

– Tenho, mas são sigilosos.

– Droga! – xingou a mulher.

Vandré levantou-se e caminhou por alguns minutos pela sala. Uma inquietude tomou conta de seu espírito.

– Fale-me sobre essa jovem. Ela tinha alguma particularidade?

Alexia fez sinal de positivo com a cabeça.

– Sim! Todas!

– Como assim? – indagou o homem.

– Carolina era repetente e transviada. Gritava com os professores. Era rebelde e usava drogas. Pelo que soube, abandonou a escola em meados de 1994, quando cursava a antiga sétima série do Ensino Fundamental.

Vandré suspirou tão profundamente que chamou a atenção de Alexia.

– O senhor está bem?

– Desculpe-me. É que, por coincidência ou infortúnio, a senhora acabou de descrever as características de minha primeira mulher.

CAP 23

Durante o processo de guarda, o pai de Gael reunira verdadeiro dossiê com provas contra a ex-companheira Carolina e o empresário de seu filho, Carmelo.

– Aqui está – disse o diretor do Santa Rosa ao passar a pasta com os documentos para Alexia. – Foi graças a essa documentação que consegui derrotar a gravadora na Justiça e conquistar a guarda do meu filho.

Vandré não parecia muito animado com a conquista. Alexia sabia que o capítulo final dessa novela não tinha sido muito feliz. O meninote, o pequeno milionário com talento musical e pouca escolaridade, havia ganhado o direito de comandar a própria vida longe dos olhares preocupados de seu pai.

– Agora Gael está emancipado – resmungou o diretor. – Não posso provar, mas desconfio que a gravadora tenha subornado o juiz. Havia muito dinheiro envolvido nesse processo. Essa gente é poderosa e não presta!

Alexia leu alguns documentos da pasta e pareceu não acreditar.

– Mas então... isso significa... que Carolina é a mãe de Gael?

– Sim. Mundo pequeno, não? – disse Vandré, com um sorriso de canto de boca.

Alexia suspirou profundamente. Não imaginava que estaria revivendo as mesmas situações do passado. Tentou se concentrar em sua pesquisa.

– O senhor me contou que Carolina largou as drogas durante um tempo. Como foi que isso aconteceu?

– Ela largou as drogas após uma longa internação compulsória. Dentro da clínica de reabilitação, assumiu sua dependência química, fez tratamento psiquiátrico e começou a seguir uma religião. Nos conhecemos nessa época, em uma igreja. Nos apaixonamos. Um ano depois, estávamos casados. Apesar de todas as dificuldades, fomos felizes por alguns anos. Carolina tornou-se uma mãe amorosa e uma esposa dedicada durante a infância de Gael. Mas, infelizmente, há seis anos, voltou a se drogar.

– É impressionante o grau de dependência causado pela heroína – comentou Alexia, absorta no depoimento de Vandré.

– Sim – concordou o diretor, com a cabeça baixa. – O vício pelas drogas, quando não tratado, se sobrepõe até mesmo ao amor maternal.

Alexia sentiu uma pontada no coração. Recuperou o fôlego e seguiu em frente:

– Desculpe-me se estou sendo inconveniente, diretor Vandré, mas tenho algumas perguntas sobre Carolina. O senhor acredita que ela é a responsável pelo sequestro da minha filha?

– Isso seria impossível. Carolina está internada na ala psiquiátrica de um hospital público.

Alexia respirou profundamente.

– Entendo. Será que eu poderia falar com ela? É provável que conheça a identidade do sequestrador de minha filha.

– Ela ficou muito debilitada após a última overdose. Não está falando coisa com coisa. Sem que Gael soubesse, fui ao seu encontro. Seu estado mental é confuso. Achei que me xingaria ao me ver, mas, para minha surpresa, me disse que precisava fazer uma confissão.

– Confissão? – Alexia franziu o cenho. – Que confissão?

– Carolina me contou que Carmelo ofereceu uma quantidade exorbitante de dinheiro para que ela não comparecesse ao julgamento sobre a guarda de nosso filho. Tudo isso para que eu ganhasse o processo.

Alexia ficou confusa por alguns instantes.

– Ora, mas isso não faz sentido. Por que Carmelo o ajudaria a ganhar a guarda de Gael?

Vandré deu de ombros.

– Isso foi dito por uma dependente química. É provável que estivesse delirando.

Encucada, Alexia seguiu folheando os documentos reunidos por Vandré.

— Me fale mais sobre esse tal de Carmelo.

A face de Vandré se transformou.

— Esse homem... Ele é um manipulador! Soube virar a cabeça de Gael contra mim. Logo eu, que sempre fiz tudo corretamente. Ele usa meu filho para ganhar dinheiro. Gael não sabe que está sendo explorado. Meu filho ganha muito mais dinheiro do que imagina. Pelos meus cálculos, Carmelo fica com 60% de todo o dinheiro conquistado pelo meu garoto.

Alexia arregalou os olhos, assustada.

— Nossa!

— Ele faz a mesma coisa com diversos artistas agenciados por sua firma. É um homem ganancioso. Mas o que mais me preocupa é sua obsessão por Gael. De todos os artistas que agencia, meu filho é o único que ele acompanha pessoalmente.

Alexia procurou a foto de Carmelo na pasta de documentos. Deparou-se com um homem de cabelos curtos e escuros, olheiras profundas e tatuagem no pescoço.

— Espera... Acho que já vi esse homem em algum lugar.

— Imagino que sim. Ele é dono de uma das maiores produtoras da indústria cultural brasileira, a Filmar.

Alexia sentiu um baque no coração.

— O senhor está me dizendo que esse homem é dono da Filmar? – indagou, apontando para a foto de Carmelo.

— Sim – respondeu Vandré. – Por quê?

O mundo pareceu rodar rápido demais. Alexia virou as páginas do dossiê à procura de mais informações e deparou-se com a foto de Amis.

– Esse homem está vestido de mulher! – surpreendeu-se Alexia.

– Sim – disse Vandré. – Chama-se Amis de Chevaux. É consultor de moda de meu filho. Acredito que seja um sócio minoritário da Filmar.

– Esse nome – Alexia pensava na velocidade da luz – significa "amigo do cavalo" em francês.

– Essa é a tradução literal. Não consegui mais informações sobre Amis, pois a Filmar é uma sociedade anônima.

– Amis de Chevaux – repetiu Alexia. – Que estranho.

Vandré deu uma risada engasgada.

– De fato. É um nome muito estranho.

Mas Alexia se mantinha presa à sua linha de raciocínio:

– Me refiro a certas coincidências. O meu sequestro foi orquestrado por uma pessoa já falecida, mas seu comparsa era meu melhor amigo na época. Um rapaz efeminado chamado...

– Filippo – disse Vandré. – Eu sei, Alexia. Li seu livro.

– Filippo é um nome grego.

Vandré iluminou o olhar. Alexia continuou seu raciocínio:

– *Phílos* significa "amigo". E *híppos* é "cavalo".

– "Amigo do cavalo" – concluiu Vandré, com os olhos arregalados.

– Não pode ser coincidência – suspirou Alexia, passando os dedos sobre a foto do estilista. – Pensei que Filippo estivesse morto.

Vandré caminhou de um lado para o outro na sala.

– O que isso quer dizer, minha senhora?

Alexia fixou o olhar em Vandré e exprimiu, cansada:

– Significa que o passado voltou para me assombrar.

Alexia voltou a analisar a foto de Carmelo. As bochechas do homem eram repletas de furos; os olhos pareciam esgotados; a pele, seca.

"De onde eu conheço esse cara?", indagou-se.

Alexia concentrou a atenção no rosto do empresário. Logo em seguida, fechou os olhos e se colocou em estado de meditação. Uma imagem surgiu em sua tela mental. Era a imagem de um menininho lourinho, dono de seu primeiro beijo.

– Marcelo! – disse a mulher, horrorizada, com a mão na boca.

Vandré estava confuso.

– Marcelo? Que Marcelo? O menino do seu livro?

Alexia teve que controlar a ansiedade.

– Esse homem! Eu o conheço! Estudamos na mesma sala. Ele e Filippo faziam *bullying* com João Miguel. Quando começamos a namorar, passaram a nos perseguir. Meu Deus, como ele está mudado!

Alexia fechou os olhos e fez esforço para se lembrar do rostinho bonito, dos cabelos amarelados e do jeitinho de homem. Marcelo era um menino perfeito, desses que parecem ter saído de um comercial de margarina.

– Todas as meninas da escola eram apaixonadas por ele – rememorou Alexia. – Agora está tão feio, amargo, triste...

– E rico! – exclamou Vandré. – Muito rico!

Alexia queria determinar o momento em que Marcelo deixara de ser um príncipe encantado para se tornar um monstro.

"Foi no momento em que empunhou um cigarro pela primeira vez?", indagou-se. "Ele ainda deve fumar. Isso explicaria a pele ruim e os furinhos em sua bochecha. Ele também pintou o cabelo de preto e agora usa lentes de cor escura. Pelo visto, não quer ser reconhecido."

– "Carmelo" e "Marcelo" são nomes parecidos – refletiu Vandré. – É só trocar duas letras.

– Marcelo fez muita coisa errada na escola – rememorou Alexia. – Perseguiu João Miguel e seduziu Marciana apenas para ganhar visibilidade entre os garotos mais velhos. Era um mau-caráter.

– Continua sendo – corrigiu Vandré. – É irmão do dono da gravadora e explora a imagem dos artistas para lucrar com a fama deles.

Vandré mostrou a foto de um homem baixo e calvo, irmão de Carmelo. Alexia teve dificuldades para respirar. Era um dos trogloditas que, no passado, atochavam a cabeça de João Miguel no vaso sanitário.

– E o outro irmão do Marcelo? Que fim levou?

– Morreu em um racha de carro ainda na juventude – respondeu Vandré. – Marcelo estava em outro carro e viu o irmão morrer após a batida. Foi um choque. Depois disso, pelo que soube, decidiu mudar de vida. Deixou as drogas e as arruaças. Mas ainda é dependente da nicotina e do álcool.

Alexia fechou os olhos e lembrou-se de Marcelo na beirada do terraço da escola, com o cigarro aceso nas mãos, todo confiante.

– Não precisa ficar assustada. Muitos amigos nossos fumam. Alguns fazem coisas piores.

Alexia estava atônita com todas as informações. Pegou uma caneta e escreveu a palavra "Filmar" no papel. Deu um tapa na própria testa.

– Então "Filmar" é, na verdade, uma sigla. "Fil" de Filippo e "mar" de Marcelo.

Houve um silêncio duradouro no ambiente, quebrado apenas pela respiração dos dois. Após alguns segundos, Vandré disse, solene:

– Pelo visto, esses dois voltaram a esta cidade motivados por um sentimento de vingança contra você.

Alexia apertou os olhos, assustada. Lembrou-se do que disse a voz rouca ao telefone logo após o sequestro de Ana:

– *Vingança. Estivemos tão próximos, mas você não percebeu. Descubra a nossa identidade e reconheça nossa superioridade, ou terá que enterrar sua filha.*

– Agora faz sentido o que Carolina me disse – argumentou Vandré. – Marcelo queria que eu ganhasse a guarda de Gael para ter uma desculpa para voltar a esta cidade.

Lágrimas desceram pelos olhos de Alexia.

– Fui cega. Fui manipulada. Para piorar, estive o tempo todo ao lado desses malfeitores, trabalhei para eles. Senti seu cheiro, estive nos mesmos lugares que eles. E não fui capaz de proteger minha filha.

– Não chore – disse Vandré, oferecendo-lhe outro lenço. – Você não tinha como saber. É tão vítima quanto sua filha.

Alexia estava inconsolável.

– Quer dizer que tudo que conquistei como autora foi graças a esse cara que voltou do inferno para esfregar na minha cara a sua superioridade? Como posso ter certeza de que meu talento é genuíno?

Vandré não tinha as respostas na ponta da língua como de costume. Mas de uma coisa ele tinha certeza:

– Isso agora não tem a menor importância. Precisamos encontrar sua filha. Ligue para seu marido. Informe nossas descobertas. Os sequestradores deverão fazer contato em breve.

De repente, o telefone da residência de Vandré tocou. Era muito tarde para uma ligação. Mesmo assim, o diretor atendeu a chamada. Ficou imediatamente pálido de terror. Alexia percebeu que algo estava errado e indagou:

– O que houve?

O diretor passou o telefone para Alexia.

– É pra você.

Alexia pegou o aparelho e o colocou no ouvido. Do outro lado, o chiado e uma respiração intermitente.

– Como me achou aqui? – indagou Alexia, com coragem.

– Sei tudo sobre você, minha pequena. – A voz rouca.

Alexia sentiu o coração se aquecer. Tomada por uma fúria inexplicável, gritou:

– Marcelo e Filippo, sei tudo sobre vocês! Ou deveria chamá-los de Amis e Carmelo?

O chiado aumentou. A voz do outro lado da linha se tornou quase inaudível.

– Muito bem, Alexia. Você está de parabéns. Agora diga!

Alexia respirou fundo. Seu estômago estava revirado.

– Dizer o quê? – indagou.

– Você sabe!

Alexia engoliu a saliva, fechou os olhos e disse:

– Vocês são muito melhores que eu. Não saberia viver sem o Marcelo, que salvou minha carreira e me deu tudo o que é preciso para se viver bem. Nunca conheci um homem como ele em toda a minha vida. E ainda tenho saudades de nós dois. Filippo sempre foi muito mais inteligente e elegante que eu. Aprendi muito com ele. Teria me tornado uma pessoa melhor se tivesse escutado seus conselhos sobre moda e sobre a vida. Me casei com um fracassado. João Miguel nunca me agradou. Sou extremamente infeliz. Vocês são ricos, são felizes. E eu os invejo demais.

Ao término de seu falso depoimento, Alexia notou que a ligação estava muda.

– E agora? – indagou a mulher, mostrando o telefone para Vandré.

O professor respirou profundamente.

– Não sei.

Fazia horas que Ana Júlia não ouvia nenhum barulho. Estava vendada e amarrada. A fome transformara-se em um buraco negro. Seu estômago doía, seus músculos se retesavam em busca de uma posição confortável, mas o pior era a sede. Ana estava seca, desidratada. Sentia que estava morrendo. E não tinha mais saliva para gritar:

– Socorro!

De repente, a menina ouviu um barulho de porta sendo arrombada. Metal batendo, coisas se quebrando. Pés nervosos. Passos largos. Mesmo com os olhos cobertos pela venda, pôde sentir os efeitos da luz do Sol, que agora parecia iluminar todo o ambiente.

– Ana! – alguém gritou.

"Eu conheço essa voz", pensou Ana.

A menina queria dizer algo, mas estava sedada, paralisada, como se estivesse dentro de um bloco de gelo.

– Meu Deus! Ana! – disse novamente a pessoa conhecida. – Vou tirar você daqui. Fique calma.

A voz era segura e deixou Ana um pouco mais tranquila. De repente, o pano que tapava sua vista foi retirado. A claridade do ambiente era hostil. Aos poucos, Ana conseguiu identificar um rosto. Era de um rapaz. "Gael?", indagou-se.

Mas, para a surpresa da menina, tratava-se de seu amigo de infância, Astolfo.
– Ana, graças a Deus! Já chamei a ambulância. E a polícia já está a caminho. Vamos, precisamos sair daqui.
Ao lado de Ana havia um rádio ligado na estação de notícias. Eis aí o murmurinho irritante que ela ouvia. Folo pegou Ana no colo e a carregou até a saída. Dali, os dois puderam ganhar o mundo. Mesmo grogue, Ana conseguia reconhecer o local onde estava: era o galpão do aeroporto agrícola.
– Estávamos procurando por você – disse Astolfo.
– Vou levar você para casa. Prometo!
Uma ambulância chegou escoltada por dois carros da polícia. Junto ao comboio, estava o carro dos pais de Ana.
– Meu Deus, filha! – gritou Alexia, correndo em direção aos dois adolescentes.
– Mamãe! – gritou Ana ao escutar a voz de Alexia. – Mamãe, me desculpa! Por favor, me desculpa! Eu te amo!
– Eu também te amo, filha – disse Alexia, sentindo as lágrimas escorrerem.

– Ela está bem, dona Alexia, ela está bem! – exclamou Astolfo. – Só precisa de cuidados. Precisamos de um médico, rápido!

Astolfo levou Ana até a traseira da ambulância. Sem demonstrar cansaço após carregar a jovem por tanto tempo, subiu no veículo e conseguiu, com zelo e carinho, pousar a menina na maca e tapar seu corpo com um lençol.

– Ela precisa ir para o hospital – disse a enfermeira.

– Vou junto com ela – disse Astolfo. – É minha garota.

Ana conseguia lentamente apropriar-se de seus sentidos.

– Astolfo, como foi que você...

– Não fala! – exclamou o menino. – Está tudo bem. Você vai ficar bem. Eu te amo.

Emocionado, o jovem selou a boca de Ana com seus lábios. A ambulância teve suas portas fechadas e os dois foram levados com urgência para o Hospital Municipal.

Sobraram João Miguel e Alexia abraçados, aliviados e chorosos, enquanto a polícia adentrava as instalações do aeroporto agrícola para tentar encontrar os criminosos.

– Esse Astolfo é um herói! – exclamou João Miguel. – Como ele sabia que Ana estaria aqui?

Foi o policial responsável pelo caso que esclareceu a dúvida de João:

– Foi neste aeroporto que Ana decolou com o namorado para São Paulo. Astolfo nos contou que, naquele dia, entrou em um táxi e perseguiu o carro da amiga. Estupidez de garoto apaixonado. Quando Astolfo soube do sequestro de Ana, resolveu investigar este local por conta própria. Assim que viu Ana, nos contatou. Teve sorte de não se machucar.

João Miguel estava atônito.

– Ana viajou com o namorado?

Alexia assentiu com a cabeça.

– Mas ela tinha me dito que ia ao cinema! – argumentou o poeta.

– De fato – disse Alexia. – Ela foi com Gael Mattos para a *avant-première* em São Paulo.

– Mas como? Duas crianças...

– Os tempos mudaram, João. As coisas não são mais como eram antigamente.

João olhou para as marcas que a ambulância deixara na grama.

– Acha mesmo? Uma ambulância, um sequestro, um garoto apaixonado, uma donzela em apuros, um porto para qualquer lugar... tudo isso me parece muito familiar.

Alexia suspirou, aliviada.

– Sim. E, contrariando todas as expectativas, parece que tivemos um segundo "final feliz". Agora, precisamos colocar as mãos nos dois canalhas responsáveis por tudo isso.

A mulher encostou a cabeça no peito do marido e chorou. Não tardou muito, um dos policiais encontrou uma pista no matagal atrás do hangar.

– Venham ver isso aqui!

João Miguel e Alexia seguiram o policial mata adentro. Entre a vegetação, encontraram um *scarpin* atirado no chão. Alguém tentara fugir e perdera acidentalmente o sapato de luxo. Mais à frente, um cigarro de uma marca cara.

– Filippo e Marcelo – murmurou Alexia, com os dentes trincados de raiva.

CAP 25

A delegacia de polícia estava lotada naquele dia. Dezenas de pessoas circulavam e davam ao local um ar caótico. Para piorar, a imprensa já se fazia presente. Era impossível respirar.

Foi com dificuldade que João Miguel, Alexia e Vandré encontraram o delegado responsável pelo caso do sequestro de Ana. O homem não parecia animado.

– Olá, senhores. Carmelo e Amis estão aqui. Estavam na área VIP do aeroporto, prestes a embarcar, quando assistiram à matéria na televisão sobre o sequestro de Ana. Ao saberem que eram procurados pela polícia como principais suspeitos, tiveram a iniciativa de se entregar.

Vandré franziu o cenho.

– Como assim, "tiveram a iniciativa de se entregar"?

– Eles afirmam que são inocentes – respondeu o delegado, coçando a barba.

– Mas o senhor não acredita neles, não é? – indagou Alexia, aflita. – O senhor os prenderá, certo?

– Não posso prendê-los. Em tese, são apenas suspeitos. Não há nada que os ligue ao crime. As provas são frágeis. Um sapato e um cigarro não podem prender ninguém.

– Mas... e isso? – perguntou Alexia, apontando para os documentos de Vandré que relacionavam Amis e Carmelo a Filippo e Marcelo.

O delegado fez uma expressão de desânimo.

– Não é crime usar um pseudônimo, ainda mais no mercado artístico. Precisamos de uma confissão em interrogatório. Caso contrário, terei que liberá-los em menos de quarenta e oito horas.

Alexia estava a um passo de perder o controle.

– Mas, senhor, só pode ter sido eles! O Filippo fez a mesma coisa comigo trinta anos atrás.

João Miguel a abraçou. Queria consolar a esposa, mas não sabia como fazer isso.

– Aquela ligação! Aquela voz rouca! – desesperou-se a escritora.

O delegado ficou olhando com expressão de profundo pesar para Alexia. Parecia que o caso do sequestro de Ana não poderia ser solucionado.

– Trinta anos! – exclamou Alexia.

O delegado respirou profundamente e disse:

– O fato de Filippo ter cometido um crime na adolescência não nos dá o direito de achar que houve reincidência. Ele foi preso na época e pagou por tudo que fez. O que temos hoje de concreto são duas linhas de investigação para o sequestro de sua filha. Pode ter sido uma violência praticada por um fã do livro – alguém que conhecia o paradeiro de Marcelo e Filippo e que estava interessado em prejudicar os dois – ou pode ter sido de fato uma tentativa de vingança dos dois suspeitos. Vou interrogá-los agora. Gostariam de assistir à conversa?

Os três assentiram com a cabeça e acompanharam o delegado até uma sala com um monitor. Pelo aparelho, viram Carmelo e Amis sentados diante de uma mesa.

– São eles! – exclamou Alexia.

Não demorou muito, o delegado entrou na sala de interrogatório e saudou os dois, atirando a pasta de Vandré sobre a mesa:

– Olá, Marcelo e Filippo.

Alexia sentiu seu estômago embrulhar.

– Vocês conhecem os pais da moça sequestrada recentemente? – indagou o policial.

Foi Carmelo que respondeu:

– Sim, da época da escola. Mas não temos nada a ver com esse sequestro.

– Por que usam pseudônimos?

Amis respondeu:

– Foi preciso. Alexia publicou nossos nomes verdadeiros no livro. Ficamos marcados. Além de mudar nossos nomes, mudamos nossas fisionomias para que antigos colegas e professores não fossem capazes de nos reconhecer.

– Por que voltaram a esta cidade? – indagou o delegado.

Carmelo deu de ombros.

– Não era nossa intenção voltar, mas o destino nos trouxe até aqui.

O delegado olhou fixamente para Carmelo e seguiu com o interrogatório:

– Você agenciou o filho de Carolina. Escondeu-se por trás da Filmar para controlar a carreira de Alexia. É difícil acreditar que foi tudo uma grande coincidência.

Carmelo sorriu.

– Não disse que foi coincidência. Conheço a mãe do Gael desde criança. Carolina foi namorada do meu irmão na adolescência. Ela se perdeu nas drogas. Ele também era dependente químico e faleceu em um racha de carro. Me senti no direito de ajudar a moça. Tentei fazer o melhor pelo filho dela. E o resultado está aí. Gael Mattos é o cantor mais famoso do Brasil.

Alexia lançou um olhar de insegurança para João Miguel. Os argumentos de Carmelo faziam sentido.

O delegado deu continuidade à inquirição:

– Imagino, então, que resolveu cuidar da carreira de Alexia pelo mesmo motivo. Desejo de reparação.

Carmelo recostou-se na cadeira. Foi Amis que respondeu:

– Não foi coincidência. Queríamos provar que não somos os bandidos que ela descreveu em seu livro.

Sem argumentos, o delegado olhou para a câmera sobre as cabeças dos interrogados. Na sala, os três espectadores permaneciam inconformados.

– Eles estão mentindo! – exclamou Alexia.

– É óbvio que estão – concordou Vandré.

– Nunca saberemos – concluiu João Miguel.

Foi com desespero que Alexia viu o delegado reunir a papelada sobre a mesa, apertar as mãos dos dois interrogados, pedir desculpas pelo incômodo e informar que estavam liberados.

– Não! – disse Alexia, saindo da sala.

João Miguel tentou conter a esposa, mas não conseguiu.

CAP 26

Quando Ana abriu os olhos, se deu conta de que estava gritando por socorro. Alguém respondeu dentro da escuridão:

– Calma, calma. Estou aqui, estou aqui.

A luz do quarto foi acesa. Ana percebeu que estava deitada sobre sua cama. À sua frente, estava Folo, seu amigo de infância.

– Folo? – surpreendeu-se a menina.

– Sim, sou eu. Não se preocupe. Você está em casa. Graças a Deus está bem.

Ana sentiu as lágrimas rolarem pelo rosto.

– Aconteceu comigo! Foi horrível! Foi como no livro! Minha mãe, onde está a minha mãe?

– Está na delegacia. As suspeitas recaem sobre Carmelo e Amis. Descobrimos que seus nomes verdadeiros são Marcelo e Filippo, os antigos desafetos de sua mãe.

Ana tentou se levantar.

– Mas... isso é impossível... Minha mãe sabe disso?

Folo tentou conter a jovem.

– Sim, ela sabe. Está tudo sob controle.

– Estou tão envergonhada... – Ana começou a chorar compulsivamente.

Folo sentou-se ao seu lado e acariciou seus cabelos.

– Você foi a vítima. Por que deveria se envergonhar? Você passou por um forte trauma. Precisa se acalmar e permanecer deitada. O remédio precisa fazer efeito.

– Remédio?

– Uma receita caseira que vai fazer bem pra você.

Da cozinha, era possível ouvir sons de panelas.

– Quem está aí?

– Minha mãe. Estamos cuidando de você a pedido de Alexia. Está tudo sob controle.

Ana sentiu seu coração desacelerar. Folo pegou um copo com um líquido cinza que estava sobre o criado mudo e o entregou para Ana.

– Beba isso. Vai se sentir melhor.

Ana bebeu o líquido e fez cara feia.

– Está com gosto ruim.

– É assim mesmo. Beba!

Mesmo a contragosto, Ana bebeu todo o conteúdo do copo.

– Nunca mais vou conseguir dormir com as luzes apagadas – disse Ana, sonolenta, devolvendo o copo vazio para Folo.

– Deixarei acesa.

Astolfo sorriu. Ana tentou sorrir, mas estava submersa em uma espécie de torpor mórbido.

De repente, a jovem teve um sobressalto:

– Gael! Preciso avisar a ele que estou bem! Ele provavelmente não sabe que Carmelo e Amis são criminosos. Temos que alertá-lo!

Astolfo conteve Ana.

– Calma, Ana. Escute o que vou lhe dizer. Você foi enganada. Esse Gael que você conheceu não existe.

– Como assim?

– Sua mãe passou por isso também. Marcelo era um sonho. Não era real. Ela preferiu namorar o garoto real, seu pai, João Miguel. Você devia fazer a mesma coisa e esquecer esse tal de Gael.

Ana sentiu um inchaço no peito.

– Mas... aquele beijo...

Astolfo concordou com a cabeça.

– Sim. É frustrante, eu sei. Mas reflita comigo: Gael tem dinheiro, tem fama, tem mulheres. Ele só se relacionou com você porque Marcelo o obrigou. Era tudo parte de seu plano de vingança.

– Vingança?

– Sim. Foram eles que te sequestraram. Mas eu consegui impedir que algo pior acontecesse com você.

– Gael me abandonou? – indagou Ana, com os dois olhos acesos feito faróis que tentam enxergar na escuridão.

– Nesta altura do campeonato, ele já deve ter viajado para outro lugar do país. Saiba que ele nunca desistiria da carreira para ficar com você.

Ana sentiu os olhos pesarem. Esquadrinhou o quarto à procura do rosto de Astolfo e o reconheceu sorrindo. Sua boca, seus lábios, seus dentes, tudo junto em um grande quadro pintado por Dalí.

– Você... me salvou – conseguiu dizer, adoentada. Sua pele fervia, seus olhos estavam vermelhos e arregalados.

– Sim, meu anjo. Pareceu um sonho. Você e eu naquela ambulância. Foi como no livro de sua mãe. Nós nos beijamos, Ana. Derrotamos Gael, Marcelo e Filippo mais uma vez.

– Nós os derrotamos.

– Ficaremos juntos, como seu pai e sua mãe ficaram... para sempre!

CAP 27

Alexia correu o máximo que pôde e conseguiu, com muito esforço, alcançar Carmelo e Amis no corredor que dava acesso à saída da delegacia.

– Esperem! Vocês enganaram todo mundo, mas não enganam a mim.

– Oh, olha quem está aqui! – disse Carmelo. – Não sabe que é falta de consideração desconfiar daqueles que lhe dão oportunidades?

– Não dependo das suas oportunidades, seu cretino!

– Está demitida!

– Ótimo! Prefiro morrer a trabalhar para você!

– É exatamente isso que vai acontecer, minha cara. Você vai morrer, ao menos para o mercado artístico.

– Me diga agora onde está minha filha!

– A senhora está se excedendo, Alexia. Não tenho nada a ver com o sumiço de Ana. Na verdade, preciso lhe dizer que estou muito irritado com esse sequestro. Essa situação toda atrapalhou meus planos.

– Planos? Que planos?

O homem retirou um cigarro do bolso e o acendeu. No fundo, buscava coragem para dizer algo que estava engasgado em sua garganta há trinta anos.

– Acha que foi fácil esquecer você? Acha que foi fácil ver você se casar com o fracassado do João Miguel, um poeta ridículo que sequer consegue vender os livros que escreve?

Amis completou o ataque:

– Sua filha é muito diferente de você, Alexia. Gosta de meninos com *pedigree*. Ela jamais deixaria um menino lindo como o Marcelo para ficar com um fracassado como o João Miguel.

Alexia engoliu em seco, esperou alguns segundos e fez a difícil pergunta:

– Me contem a verdade. Gael seduziu minha filha a mando de vocês?

Amis deu uma risada histérica.

– Evidentemente! Acha que um artista da grandeza de Gael daria atenção a uma menininha sem graça como sua filha?

"Meu Deus, Ana ficará arrasada", pensou Alexia.

– Agora, com esse sequestro, está tudo acabado – bradou Amis, frustrado. – Que sacrilégio! Essa menina teve uma chance de ouro de partir com a gente e ser feliz.

– Ser feliz? – indagou Alexia. – O que faz você pensar que minha filha não é feliz comigo, Filippo?

Amis riu.

– Basta olhar para você. É uma péssima mãe. Nem desconfiava que a filha estivesse com as malas prontas para fugir de casa com Gael.

Alexia sentiu uma fincada profunda no coração.

– Então foi por isso que resolveram voltar para esta cidade? Vocês queriam destruir minha família? É isso que desejavam?

Carmelo riu.

– Não fique pensando que sua rotina pesada de trabalho foi conquistada com seu talento pífio. Isso era parte da estratégia que montei para separar você de seu marido.

Amis tomou a dianteira:

– Queríamos fazer com você a mesma coisa que fez comigo. Você destruiu a minha vida. Contou sobre seu sequestro no livro e todos que me conheciam se afastaram de mim. Fui considerado um pária por meus amigos e familiares. Precisei me mudar para o exterior. Ao voltar para o Brasil, precisei esconder minha verdadeira identidade para conseguir estudar e trabalhar. Mas o destino é justo! Você pensa que está a salvo porque nos descobriu, mas não tem ideia do perigo que sua filha corre. Afinal, existe alguém que a odeia ainda mais do que nós.

Alexia respirou fundo. Estava no limite de suas forças.

– Então... se não foram vocês... quem...?

Amis e Carmelo se olharam. Alexia insistiu:

– Por favor, me falem! A pessoa que organizou meu sequestro há trinta anos está morta. Eu fui ao enterro dela. Se existe mais alguém envolvido, só vocês podem me dizer quem é.

– Você pensa que sabe tudo, mas, na verdade, não sabe nada – disse Carmelo.

– Sim – concordou Amis. – Você conviveu a vida toda com o inimigo. Esse traidor sempre esteve ao seu lado e você nunca percebeu. É o que eu costumo dizer: "a poesia é um eterno enforcar de Judas".

– O que quer dizer com isso? – indagou Alexia, ansiosa. – Está falando de quem?

Amis respondeu com outra charada:

– O mistério está na rima, não no verso.

Após lançar a charada no ar, Amis e Carmelo viraram as costas, entrelaçaram as mãos e seguiram em direção à porta de saída da delegacia sob os *flashes* dos *paparazzi*.

CAP 28

Perturbada, Alexia pôs-se a refletir sobre a charada lançada por Amis:

— A poesia é um eterno enforcar de Judas... O que será que ele quis dizer com isso?

"Será que é uma referência a João Miguel?", indagou-se a escritora. Logo em seguida se arrependeu do pensamento que teve. "Não pode ser. Meu marido sempre foi tão maravilhoso para mim e para nossa filha..."

— O mistério está na rima, não no verso — repetiu, como num mantra.

Logo, Alexia percebeu que a charada não tinha nada a ver com subjetividade, mas com a semântica.

— A poesia é um eterno enforcar de Judas — disse mais uma vez.

Alexia lembrou que, na adolescência, Filippo gostava de citar aforismos e poemas.

— Seu poeta favorito era Mário Quintana — rememorou.

Decidiu acessar um site de busca no celular. Escreveu a frase "Poesia enforcar de Judas" e descobriu que o verso pertencia ao livro *Esconderijo do Tempo* do famoso poeta gaúcho.

– É isso! Tem algo a ver com Quintana – vibrou Alexia ao perceber que estava na direção certa. – O mistério está na rima, não no verso. Amis disse que o sequestrador de Ana é meu conhecido. Talvez fizesse referência a alguém do meu passado. De quem ele poderia estar falando? Esterzinha, Henrique, João Miguel, Marciana...

"O mistério está na rima, não no verso", pensou novamente.

– Ora... desses nomes, o único nome que rima com Mário Quintana é...

Por alguns segundos, o mundo pareceu parar de rodar. Alexia precisou se segurar para não cair no chão.

– Meu Deus! – exclamou.

CAP 29

Ana era envolvida pelos abraços e beijos de Astolfo.
— Ana, como eu te amo! Espero por esse momento há muito tempo.
— Sim, eu também. Parece um sonho – respondeu a moça, com os olhos vidrados.
— Você sempre me quis? Diz que sim, por favor.
— Sim. Eu sempre quis você.
Astolfo abriu um grande sorriso de satisfação. Sentia o coração vivo, o sangue finalmente correndo dentro das veias.
— Não vou deixar que nada nem ninguém tire você de mim. Prometo.
— Não vai me abandonar? – indagou a moça.
— Não. Nunca.
— Oh, Gael, como te amo!
Astolfo levantou-se da cama de sobressalto.
— Como? Do que me chamou?
Ana mantinha os olhos perdidos no horizonte.
— Gael – repetiu com convicção.

— Maldição! — exclamou o rapaz.

Ana encostou a cabeça no travesseiro e piscou os olhos vagarosamente. Estava perdida e sonolenta. Astolfo abriu a porta do quarto da menina e gritou:

— Morgana!

Nada da amiga aparecer. Astolfo berrou:

— Mãe, cadê a Morgana?

— Pegou o dinheiro que você deu pra ela e se mandou — respondeu a mulher da cozinha.

— Maldita. Filha da...

— O que houve?

— A idiota da Morgana me garantiu que essa mistura de ervas era melhor do que a outra!

Folo apoiou os braços no corrimão da escada e pôs-se a chorar. Ouviu os passos de sua mãe subindo as escadas.

— Falei que esse negócio de elixir do amor não daria resultado. Há meses você coloca as misturas da Morgana no suco dessa menina. Só fez aumentar a pressão arterial da moça e seu nariz sangrar.

Astolfo fechou a porta do quarto de Ana atrás de si e tentou negociar com a mãe:

— Deixa eu tentar de novo, só mais uma vez, mãe!

Marciana aproximou-se do filho e acariciou seus cabelos.

— Não, meu filho. Você já tentou, mas não conseguiu. Não fique chateado. A vida é assim mesmo.

— Mas mãe... a Ana é minha melhor amiga! — exclamou o garoto.

Marciana balançou a cabeça em sinal positivo.

– Eu sei, meu filho. Mas não seja tão ingênuo. Esse negócio de melhores amigos não existe. Alexia e eu nos considerávamos melhores amigas na adolescência, mas era tudo mentira. Ela sempre teve tudo. Era popular na escola. Todos os meninos gostavam dela. Tinha carinho, tinha amigos. Teve sua história estampada no cinema. Ganhou milhões de reais. Eu continuei pobre, mas ela nunca me perguntou se eu precisava de ajuda. Ela virou escritora de sucesso. Eu fui trabalhar como técnica de limpeza da Polícia Civil. Grande cargo! Enquanto Alexia ganhava homenagens e ofertas de palestras, eu limpava carpetes com sangue humano. Agora que fui demitida, estamos sem dinheiro! Vamos perder nossa casa! O que vai ser de nós? Eu tinha esperanças de que você se casasse com Ana. Sim! Alexia pagaria nossas despesas se você fosse o genro dela. Combinamos que você deveria namorar a bonequinha e engravidá-la. Mas você falhou totalmente.

– Eu sei, mãe, me desculpe! Eu tentei! Mas ela não quis.

Marciana colocou a cabeça do filho em seu colo.

– Não fique assim, meu filho. Fizemos o que podíamos. Forjei o sequestro de Ana para você bancar o herói. Fabriquei pistas para que as suspeitas recaíssem sobre Marcelo e Filippo. Tive o cuidado de reproduzir o sequestro e a chegada da polícia e da ambulância com a mesma riqueza de detalhes descrita no livro da Alexia. Pensei que Ana fosse seguir os padrões de comportamento da mãe e ficar com o seu herói salvador. Mas nada disso aconteceu. É uma pena.

Astolfo chorava copiosamente.

– Mãe, por favor!

– Não chore, meu filho! Entenda! Se eu não matar essa menina, é capaz de ela se casar com aquele *playboy* louro. Serei obrigada a assistir de camarote mais uma vitória da Alexia. A família dela ficará ainda mais rica e vitoriosa. E isso... é demais para mim.

– E como vai ser, mãe? – indagou Astolfo, trêmulo.

– Muito simples – disse a mulher, limpando o suor do rosto com um pano de prato. – Vou dar a ela vários remédios que encontrei no banheiro. A morte será rápida após parada cardiorrespiratória. Ela não sentirá dor.

– Seremos presos! – gritou Astolfo, apavorado.

Marciana riu.

– Claro que não. Simularemos um suicídio. Diremos aos policiais que a encontramos desacordada no banheiro.

– E por que uma jovem rica e bonita cometeria suicídio? – indagou Folo.

– Diremos à polícia que Ana tomou conhecimento do plano de Marcelo e Filippo para separá-la de sua mãe. Diremos ainda que ela ficou transtornada quando soube que Gael não a amava de verdade.

Astolfo tinha o rosto tomado de suor.

– Como é que você soube do plano daqueles dois, mãe?

Marciana fez um muxoxo.

– Quando li no jornal que o filho da Carolina estava na cidade, estranhei. Aquele garoto era bonito, famoso e rico. Morgana me contou que ele só tinha olhos para Ana. Isso era estranho. Estranho e ruim para os nossos negócios. Resolvi investigar a vida desse garoto e descobri que seu empresário era aquele safado do Marcelo. Descobri logo em seguida que Filippo também estava na jogada. Filippo e eu éramos perdidamente apaixonados por Marcelo. E odiávamos Alexia desde aquele tempo. Ela havia conquistado o coração do menino mais bonito da escola. Não estávamos satisfeitos com isso. Queríamos viver em um mundo onde essa menina não existisse. Por isso, ajudamos a planejar o sequestro de Alexia. Tentamos fazer com que ela embarcasse para a Holanda, mas, infelizmente, deu tudo errado. Filippo foi expulso da escola e preso. Por sorte, ninguém desconfiou de minha participação nos planejamentos do crime. Filippo conseguiu dar a volta por cima. Tornou-se um estilista famoso, salvou a Soft Music da falência, internou Marcelo em uma clínica para drogados e comprou seu coração com montanhas de dinheiro. Quando o vi pela última vez, estava louco para esfregar seu sucesso na minha cara. Eu não podia ficar por baixo.

Marciana tentou passar para o quarto, mas Astolfo manteve-se firme diante da porta.

– Não posso deixar que faça isso, mãe. Eu realmente amo Ana.

Marciana respirou profundamente.

– Mas ela não te ama, Astolfo. E se essa menina não pode ser namorada do meu filho, também não poderá namorar mais ninguém.

Astolfo se manteve firme na frente da porta. Marciana fitou os olhos do filho e disse, com desprezo:

– Anda, meu filho. Não seja fraco como seu pai. Desse jeito, as meninas nunca vão te querer.

O rapaz olhou para baixo, intimidado.

– A Bia é apaixonada por mim.

– Aquela patricinha que riu de você após seu fracasso naquela festa?

Astolfo arregalou os olhos.

– Como soube disso?

– Morgana me contou.

O menino ficou ensandecido de raiva.

– Pensei que você a odiasse.

Marciana riu.

– Puro teatro, meu filho! Adoro aquela bruxinha! Queria que você ficasse com Ana. Por isso, pedi que Morgana sabotasse seu *affair* com Bia.

Astolfo não podia acreditar.

– Então quer dizer que Morgana está por trás de tudo? Ela envenenou minha bebida para que eu... não conseguisse... No mínimo deve ter intoxicado a Bia para que agisse da maneira como agiu.

– Não, meu filho. Ela agiu daquele jeito porque é uma menina idiota, filha de uma depravada.

Astolfo rebateu:

– Depravada, mas que nunca matou ninguém.

Marciana fitou o rapaz por alguns segundos. Depois, selou o rosto do filho com um tapa.

– Nunca mais fale assim comigo.

Astolfo engoliu a raiva e se distanciou da porta com a mão no rosto. Quando Marciana entrou no quarto, deu um grito. Astolfo logo tomou a dianteira e deparou-se com Gael Mattos.

– Escutei tudo! – exclamou Gael. – Não vou deixar que a matem.

Marciana respirou pesadamente. Não contava com isso. A presença de Gael sugeria uma mudança drástica nos planos.

– O que vamos fazer? – indagou a mulher.

– Vá embora, Gael! – exclamou Astolfo. – Ana já sabe de toda a armação de vocês.

Com o barulho, Ana despertou. A sensação de torpor era poderosa e a jovem teve que se esforçar para falar:

– Gael, você voltou?

– Sim, voltei – respondeu o rapaz.

– Me disseram que você não voltaria mais.

– Tentaram me afastar de você. Mas isso nunca vai acontecer. Escuta: no começo, eu queria apenas agradar Carmelo. Por isso, a convidei para sair. Mas, com o tempo, descobri que estava perdidamente apaixonado. Agora, não consigo mais viver longe de você.

Ana e Gael se beijaram. Aquilo enfureceu Astolfo.

Marciana ainda pensava no que fazer. Havia duas opções: enfrentar Gael ou fugir. A segunda opção era a melhor. Posteriormente, negaria todas as acusações. Ela ainda não havia ministrado a dose letal de veneno, logo, não poderia ser acusada de tentativa de assassinato. Sim! Esse era o plano perfeito para aquela emergência.

Mas Astolfo não compartilhava do mesmo pensamento. Enciumado, partiu para cima de Gael e deu dois socos no rosto do rapaz. O garoto louro bateu com o ombro na parede e caiu prostrado no chão.

– Gael! – gritou Ana.

– Maravilha! – exclamou Marciana, em tom de ironia. – Por que fez isso, meu filho?

– Ele ia nos delatar – explicou Astolfo.

– Agora vou ter que pensar em outra solução – bufou a mãe, irritada.

Gael sentia uma dor excruciante. Sabia que em algum lugar do corpo havia um osso quebrado, mas não podia precisar onde a lesão estava. Sentia um formigamento no braço direito e uns choques que percorriam todo o seu corpo.

– Meu ombro! – exclamou o jovem.

Ao colocar a mão no ombro, percebeu que o mesmo não estava no lugar. Havia sofrido uma dolorosa luxação. Ao se levantar, gritou de dor. Parecia que mil facas estavam enterradas em suas costas.

– Vamos sair daqui – disse Astolfo.

– Não, não podemos – rebateu Marciana. – Agora existem provas concretas contra nós. Precisamos inverter as pistas para que os investigadores tenham outra visão sobre o que aconteceu neste quarto. Para isso, precisamos matar Ana.

– Matar Ana? – assustou-se Astolfo.

– Sim, Astolfo. Ela está drogada, mas ainda assim será capaz de contar tudo o que viu. Essa menina não te ama. Ela te esnoba. Você quer ir pra cadeia?

Diante do silêncio do rapaz, Marciana aproximou-se do filho e repetiu a pergunta aos berros:

– Quer ir pra cadeia?!

– Não – disse Astolfo.

– Então bata mais em Gael. Deixe ele desmaiado no chão. Diremos para a polícia que o rapaz pulou a janela. A perícia vai confirmar esse fato. Depois, diremos que, ao entrar no quarto, você se deparou com a terrível cena: a jovem Ana sendo estrangulada por esse monstro. Você o socou até deixá-lo desacordado. Ele será preso e Ana estará morta. É a única forma de escaparmos.

Diante do silêncio de Astolfo, Marciana disse:

– Comece!

Astolfo resolveu obedecer às ordens da mãe. Aproveitou que seu adversário estava sem defesa e o derrubou no chão com uma sequência de socos e chutes. O garoto louro se contorceu de dor. A cada chute, um grito abafado. Astolfo parou um pouco os chutes para respirar. Usara toda sua força, mas Gael ainda estava lúcido. Podia ouvi-lo gemer baixinho. Passou então a dar chutes na cabeça do cantor. Um, dois, três chutes, até o garoto desmaiar de vez.

Mesmo desequilibrada, Ana conseguiu levantar-se da cama e deitar-se sobre Gael a fim de protegê-lo
Marciana pegou um pedaço de fio do computador de Ana.

– Ah, não! – exclamou a mulher – Essa menina precisa voltar para a cama urgentemente. Os peritos são muito inteligentes, vão saber que ela tentou se levantar.

Astolfo agarrou Ana no colo e a colocou na cama.

– Cuidado com as unhas dela – disse Marciana. – A perícia pode encontrar sua pele debaixo delas.

Ana tentou se debater, mas não encontrou forças. Percebendo que tudo estava bem organizado, Marciana ofereceu o fio ao filho.

– Anda. Mata a menina.

Astolfo permaneceu parado diante da cama, alisando a pulseirinha de borracha que estava em seu pulso. Marciana, irritada, tirou o rapaz de sua frente e tomou seu lugar.

– Deixa que eu mesmo faço!

Marciana estava com os olhos vermelhos. Seus dentes estavam cerrados de raiva. Seu corpo tremia e de sua testa pingavam gotas de suor que escorriam até a boca.

– Vou matá-la! – exclamou a mulher, fora de si. – É o que a mãe dela merece! Alexia nunca gostou de mim de verdade. Sempre me humilhou com seu sucesso. Nunca me deu atenção. Eu a odeio!

Marciana colocou o fio em volta do pescoço de Ana, mas foi em vão. Antes que pudesse sufocar a jovem, Gael colocou-se de pé por trás de Astolfo e usou o braço saudável para nocauteá-lo com um forte soco na têmpora. Marciana arregalou os olhos, largou o fio e correu, assustada, em direção à porta.

– Volte aqui! – gritou Gael, com a boca cheia de sangue.

Ao descer as escadas, Marciana tropeçou e rolou na escadaria de forma espetacular. Alquebrada, levantou-se com dificuldade e, com passos lentos, dirigiu-se até a porta da casa. Nesse mesmo instante, Alexia usava sua chave para entrar na residência.

– Alexia! – gritou Marciana, com a mão na costela quebrada. – Graças a Deus você chegou! Aquele menino, Gael, está lá em cima com sua filha. Astolfo tentou dominá-lo, mas não conseguiu. Ele vai matar a Ana!

Alexia sabia que era mentira. Sabia que, se Gael estava lá em cima, era porque sua filha permanecia viva. A escritora não tinha condições de segurar Marciana, pois a mulher era muito mais alta e forte.

– Você vai pagar por tudo que fez – disse Alexia. Depois, subiu a escadaria correndo, deixando passagem para que Marciana pudesse ganhar as ruas e fugir.

Ao chegar ao quarto, Alexia custou a acreditar no que via. Astolfo estava desmaiado. Gael tinha um vazio no lugar do ombro e estava coberto de sangue. Abraçava Ana com o braço saudável e dizia, aos prantos:

– Resolvi dizer não a Carmelo! Abri mão de tudo por você! Eu te amo, meu amor! Me perdoa, me perdoa!

Sete e meia da manhã. Ana Júlia sentiu a vista embaçar. Um passarinho pousou no parapeito da janela de seu quarto e desfilou a beleza de suas asas.

Ao longe, sua mãe gritava:

– Ana Júlia, vai perder a hora!

A menina sentou-se na cama e bocejou. Era segunda-feira. Tomou banho, vestiu-se com roupas leves e encontrou o pai sentado ao lado de Alexia na mesa do café.

– Papai? – estranhou. – Acordado tão cedo?

João Miguel estava sorridente, como se tivesse acabado de contar uma piada.

– A manhã está tão bonita que resolvi sair da cama e curtir o dia com vocês – respondeu o homem, animado.

Ana mergulhou nos braços do pai.

– Oba! Isso significa que você vai com a gente?

João olhou para Alexia e assentiu com a cabeça.

– Sim. Mas só vou olhar. Não gosto de fazer ginástica de manhã.

Alexia riu.

– Só de manhã?

Ana sentou-se para tomar seu café. Sua mãe imediatamente notou que, no lugar da antiga borrachinha que ficava em seu braço, havia uma fina pulseira de metal com fechamento magnético.

– Pulseirinha nova?

– Presente do Rafa. Ele usa uma, eu uso outra. Essas coisas selam a amizade.

– Certo. E como se sentiu ao tirar a pulseira de borracha? – indagou a mãe.

– Sinceramente? Péssima. Mas, um dia, me acostumo a viver sem o Folo.

Ana sentiu lágrimas brotarem em seus olhos e, para disfarçar, mergulhou a boca em uma caneca de café com leite.

– Quer conversar a respeito? – indagou Alexia, igualmente comovida.

– Dcpois.

Os três tomaram café em silêncio. Depois, ao ganharem a rua, foram saudados pelo calor e pelos estimulantes raios de sol.

– Que dia lindo! – exclamou Ana.

Diante da família, um paraíso. As ondas da praia quebravam na areia. Próximo do deque, uma piscina. Pedrão estava por ali e ajudava os hóspedes do belíssimo hotel a praticar alguns passinhos de ginástica rítmica. Vandré e Clarinda tomavam sucos exóticos e desfrutavam dos raios de sol. Suas mãos estavam entrelaçadas de forma vigorosa e permanente, como se o diretor fizesse questão de que todos tomassem conhecimento de seu relacionamento com a bela assessora pedagógica da escola.

Ana riu dos movimentos descoordenados que Rafa fazia dentro da piscina enquanto tentava acompanhar a coreografia proposta por Pedrão. Ao seu lado, Lucélia e Bia. As meninas riam e faziam os movimentos coreografados com graça e destreza.

– São os melhores dias da minha vida! – exclamou Ana. – Obrigada, mamãe, por convidar o pessoal da escola para passar as férias com a gente aqui em Salvador.

Alexia sorriu e assentiu com a cabeça. Adorava ver a filha assim tão bem.

– E o Gael, onde está? – indagou Alexia.

Ana vasculhou o horizonte em busca do namorado. Já era para ele estar ali àquela hora do dia.

– Deve estar chegando – respondeu Ana. – Sabe como são os artistas, gostam de fazer entradas triunfais.

– O voo dele deve ter atrasado – disse Alexia. – Agora que ele rompeu relações com Carmelo e decidiu morar com o pai, depende da malha aérea comercial para poder ir e voltar dos shows.

– Pois é – disse Ana Júlia, sentindo-se culpada. – Às vezes, me pergunto se ele não fez mal em...

– Nem termine a frase – cortou Alexia. – Esse menino gosta de você e sabe o que quer. Apesar do boicote tramado por Carmelo, Gael tem conseguido chamar a atenção da mídia e do público com seu novo CD. Só este mês, já fez dez apresentações de seu novo show.

Ana e seus pais se aproximaram do deque e foram recebidos com festa por todos os amigos. Pedrão retomou a série de exercícios. Ana tentou acompanhar os movimentos sobre o deque, mas acabou sendo empurrada para dentro da piscina por Rafael.

João Miguel e sua mulher sentaram-se próximo à piscina e riram das brincadeiras dos adolescentes. Um profundo sentimento de nostalgia ocupou espaço no coração de João Miguel.

– Eles fazem parecer tão simples...
– O quê? – indagou Alexia, agarrada a seu braço.
– Os adolescentes de hoje. Eles se misturam, se tocam, se comovem. Mas são loucos, loucos comovidos, loucos motivos de desejos para todo o trilho. Eles vão longe. Vão de carga e de fumaça... Mas eles vão! Vão para além do próprio vão da estação. Eu os vejo brincando e reacendendo a certeza de que existe peito para a esperança, para o tempo muito além da bonança que vasculha a escuridão de quem não tem bem, de quem não tem perdão, de quem não tem vintém, de quem não tem razão.

Alexia, emocionada, deu um beijo no rosto do marido.

– Meu poeta favorito. Eu te amo.
– Também te amo.

Por um instante, o mundo ficou surdo. Alexia sabia que precisava contar ao marido as novidades do mundo exterior, onde ainda reinava a tristeza e as agruras da iniquidade.

— O promotor resolveu arquivar a investigação sobre o sequestro de Ana. Soube hoje pelo noticiário. Não há provas que liguem Marciana ao crime. Vandré expulsou Astolfo e Morgana da escola, mas, agora, com esse arquivamento, teremos que conviver diariamente com o perigo.

João Miguel filosofou:

— É como diz o ditado: "não há pureza sem senão". Como fazer parte do mundo sem exigir de nossos espíritos certa dose de incerteza e desafio?

Alexia sorriu. As palavras de João pareciam fazer sentido e a deixavam confortada.

— Você está de férias agora — completou João Miguel. — Nossa filha está superando os traumas. Faça o mesmo. Relaxe!

— Sim, você tem toda razão — disse Alexia. — Vamos nos divertir um pouco e esquecer tudo isso que passou.

Alexia encostou-se na cadeira para pegar sol. De repente, notou que João Miguel a olhava fixamente.

— Ei, o que foi?

— Nada... — respondeu o homem, com um sorriso estampado no rosto.

— Me fala. O que houve? — indagou Alexia, curiosa.

De repente, Ana saiu da piscina e começou a correr pelo deque. Desceu as escadas em direção à praia. João Miguel acompanhou com os olhos os movimentos da filha até a faixa branca de areia e apontou:

— Eis o momento. O tal céu de um verão permitido.

Próximo ao quebra-mar estava Gael. Ele vestia uma camisa social estampada com imagens coloridas, uma bermuda branca e óculos escuros. Em sua mão, algumas flores. Ana correu ao seu encontro e atirou-se sobre o rapaz, derrubando-o sobre as ondas, que lhes serviram de cama. De longe, Alexia via a filha atirada aos beijos, aos abraços emocionados e aos gritos de felicidade e de saudade.

Do deque, Vandré acenava para o filho. Estava quase febril de tanto orgulho. Havia duas lâmpadas em seus olhos que podiam enxergar um futuro brilhante para aquele menino valioso que, a despeito dos erros do passado, mantinha-se agora centrado em seu ideal acadêmico e na necessidade de estar junto à família.

João Miguel cutucou a esposa de leve. Alexia sentia o vento bater em seus cabelos e conseguia, sem esforço, sentir que havia alguma novidade no ar.

– O que foi, João? Me conta!

– Jura que vai guardar segredo? – indagou o marido.

– Sim, claro.

– Eu guardei este momento para lhe fazer uma grande revelação.

Alexia sorriu.

– Revelação?

– Sim. Uma revelação. Nós teremos um filho.

Alexia fez cara de estranhamento, e indagou:

– Como assim?

– Fiquei grávido, ora! Logo, teremos um filho!

Alexia começou a rir.

– Como isso é possível? – indagou a mulher.

João Miguel ergueu a sobrancelha, levantou o dedo indicador, abriu a boca e fez cara de bobo. Alexia riu.

– Acho que consegui desvendar um novo mistério quântico – disse João.

O homem pegou sua bolsa de praia e retirou de dentro dela um calhamaço de papéis manuscritos.

– Eis nosso novo filho – disse ele.

O vento bem que tentou levar as páginas embora, mas Alexia conseguiu evitar a tragédia.

– O que é isso, meu amor? – indagou a mulher, surpresa com o título do livro. – *Céu de um verão proibido 2*.

– É a continuação de seu romance. Tenho trabalhado nele há meses. Cansei de ganhar prêmios. Chegou a hora de publicar um sucesso editorial.

Alexia deu um grito de euforia e beijou o marido longamente. Era o beijo de número cinquenta e seis mil quinhentos e setenta e oito. Sim, ele havia contado todos.

Sobre suas cabeças, o desvelar das luzes. Sobre o fantasma da Lua, uma nuvem despontava no formato de um enorme guarda-sol amarelo. Parecia um desses guarda-sóis deslocados pelo vento, pois voava, diligente, pelo imenso espaço azul do céu.

João guardou o manuscrito na bolsa e puxou sua esposa para a piscina. Alexia relutou por um momento, mas depois se deixou levar. Ao entrarem na piscina gelada, arrepiaram-se. Jogaram água um no outro. Eram crianças novamente. Estavam unidos e sentiam que agora podiam simplesmente fingir que o mundo estava novamente em paz.

IMPRESSÃO:

Santa Maria - RS - Fone/Fax: (55) 3220.4500
www.pallotti.com.br